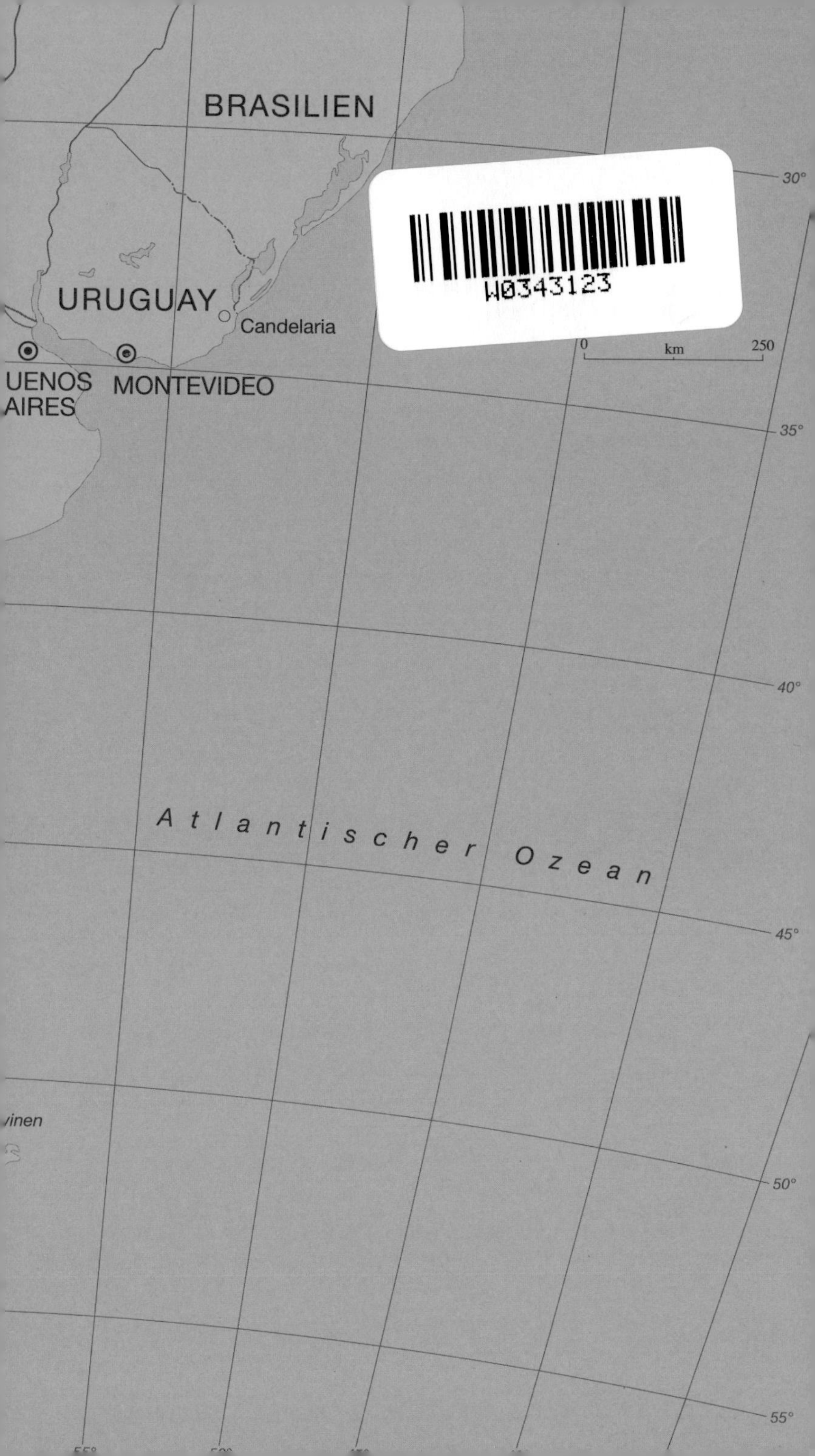
BRASILIEN
URUGUAY
Candelaria
UENOS AIRES
MONTEVIDEO
0
km
250
30°
35°
40°
Atlantischer Ozean
45°
50°
55°
/inen

EDUARDO
BELGRANO RAWSON

SCHIFFBRUCH DER STERNE

EDUARDO
BELGRANO RAWSON

SCHIFFBRUCH DER STERNE

Roman
Aus dem Spanischen übersetzt
von Lisa Grüneisen

Verlag C. H. Beck

Titel der Originalausgabe:
«El náufrago de las estrellas», erschienen 1999
bei Editorial Planeta, Barcelona

Zuerst erschienen 1979
bei Editorial Pomaire, Buenos Aires

ISBN 3 406 47125 0

Für die deutsche Ausgabe:

www.beck.de
Gesamtherstellung: Freiburger Graphische Betriebe, Freiburg
Gedruckt auf säurefreiem, alterungsbeständigem Papier
(hergestellt aus chlorfrei gebleichtem Zellstoff)
Printed in Germany

Für Milagros und Amparo
und für ihre Mama, auch diesmal

Dann ließ er das Gespräch verstummen, denn beide wußten, wohin diese Art von Erinnerungen führte. Aber sie erwähnte ihre Tochter diesmal nicht, sondern lächelte und sagte:

«Es tut nicht mehr weh.»

In der Nacht war sie gestorben. Es schien unfaßbar, und doch hatte er den ganzen Tag darauf gewartet. Ihre Unterhaltung war leise verstummt, und in ihren letzten Stunden hatte sie die Hand ihres Mannes gehalten und aufs Wasser hinausgeschaut.

«Ist da ein Fisch hochgesprungen?» hatte sie plötzlich gefragt.

Und vielleicht waren es ihre letzten Worte gewesen.

Aber er war sich nicht sicher. Und nun war sie tot, und er wußte nicht einmal, was sie als letztes gesagt hatte.

ERSTER TEIL

I. Horizont

Die Wirkung eines im Meer angefeuchteten Seils konnte mehrere Minuten vorhalten. Man mußte es in den Mund nehmen und langsam darauf kauen, damit das feuchte Kabelgarn die Zunge wieder beweglich machte. Das Seil zersetzte sich zwischen den Zähnen, und der Speichel drang in die trockenen Zwischenräume. Die Kehle wurde wieder geschmeidig. Aber man durfte diesen Vorgang nicht zum Vorwand nehmen, um Salzwasser zu trinken. Besser war es, den Tau vom Boot zu lecken oder einen Schattenfisch auszupressen. Es gab noch andere ausgefallene Methoden – einen Einlauf mit Meerwasser etwa –, die auszuprobieren nicht lohnte. Aber letzten Endes war alles von einer perversen Sinnlosigkeit. Man merkte sehr schnell, daß auf See nur ein Kanister mit Süßwasser etwas nutzte.

Der Mann in dem Boot – er hieß Antonio – hatte nahezu alle bekannten Methoden ausprobiert und sogar hastig einige Schlucke Salzwasser getrunken. Er bekam Magenkrämpfe davon, und seine Alpträume begannen. Er träumte von einem schattigen Bach, an dem er als Junge mit seiner Mutter geangelt hatte. Im Traum waren beide barfuß und liefen durch das nasse Gras. Über dem Gras schwebte ein Polster aus Feuchtigkeit. Seine Mutter schnitt einen fast perfekten Kreis in eine Apfelsine und stach mit dem spitzen Messerchen in jeden der Orangenschnitze, bis der Krater überlief von Saft. Dann reichte sie ihm die Apfelsine, und Antonio saugte die eiskalte Flüssigkeit auf. Während er träumte, fuhr er immer wieder mit der Zunge über die Lippen, bis sich die Salzkruste ablöste, die seine Wunden bedeckte. Der Schmerz weckte ihn schließlich auf. Es war eine furchtbare Enttäuschung, und er wollte nicht mehr weiterträumen. Er war nicht an dem Bach, sondern auf einem Boot, das auf dem Meer dahintrieb.

Über Mittag waren die Alpträume besonders schlimm. Gegen elf, wenn das Wasser immer träger gegen die Bordwand schwappte, durchlebte Antonio einen der schlimmsten Momente des Tages. Das Glucksen der Wellen wurde immer schwächer, bis das Meer schließlich ganz verstummte. Antonio betrachtete diese spiegelglatte See, die ihn nirgendwohin brachte. Er legte sich das feuchte Hemd über den Kopf und starrte in die Tiefe. Ab und an entdeckte er einen Fisch. Tags zuvor hatte er einen Lachs gesehen, der an der Oberfläche schwamm. Antonio dachte voller Neid an die Fähigkeit der Lachse, nach vielen Jahren und über Tausende von Kilometern hinweg den Weg zurück zu den Bächen zu finden, in denen sie geboren wurden. Dann schlief er ein, und die ständigen Alpträume kehrten zurück.

Mit Einbruch der Nacht erwachte er aus diesen tranceähnlichen Zuständen. Nach Sonnenuntergang, wenn der Himmel seinen fahlen Ton verlor und der Wind auf West umschlug, kam langsam wieder Leben in Antonio, und er hielt Ausschau nach dem ersten

Stern. Es war fast immer Rigel Kent. Er konnte immer genau vorhersagen, wo am Himmel er erscheinen würde. Mit einem Sextanten und einigen Büchern hätte er vielleicht seine eigene Position berechnen können, denn darin war er fast so gut wie ein Navigator. Aber er hatte keinen Sextanten, und im Augenblick wußte er nur, daß er sich vor der chilenischen Küste befand, wahrscheinlich südlich von Valparaíso.

Ein großer Trost war das nicht. Während er, das salzige Tau zwischen den Zähnen, zusah, wie mehr und mehr Sterne am Himmel erschienen, dachte Antonio immer wieder an die Fähigkeit der Lachse, zu den Flüssen ihrer Kindheit zurückzufinden.

Die Sterne strahlten sehr hell, woraus er schloß, daß es schlechtes Wetter geben würde. Es war Abendessenszeit. Abgesehen von dem Tau hatte er nichts Eßbares mehr, und außerdem fürchtete er sich davor, einzuschlafen und erneut zu träumen. Er wickelte sich in die Decke und wandte dem Lichtpunkt den Rücken zu, der seit Sonnenuntergang am Horizont entlangzog. Ein verspätetes Frachtschiff, das sich schwerfällig in Richtung Liverpool bewegte. Das Licht war so schwach, daß er es lieber nicht gesehen hätte.

So drehte sich sein Traum in dieser Nacht um einen Dampfer der *Cunard Line,* der wenige Meter an seinem Boot entlangfuhr. Das taghell erleuchtete Deck war voller Passagiere, die sich über seinen Schiffbruch unterhielten.

Die gleichgültigen Passagiere der *Cunard Line.*

Als es hell wurde, war er steif vor Kälte. Er stellte fest, daß bei Sonnenaufgang die kälteste Stunde war.

Heute begann sein zehnter Tag. Er fragte sich, ob er sein Schicksal wirklich verdient hatte.

Als er in den Mittagsstunden leise über eine alte Seemannsgeschichte lachte, schossen ihm plötzlich die Tränen in die Augen, und er beschloß, daß der Zeitpunkt gekommen war, einige Messen zu versprechen. Er hielt nichts von dieser Praxis, denn sie bewies, daß die Lage aussichtslos war. Dennoch betete er und flehte zu der Madonna auf seinem Schutzamulett, sie möge ihn nicht irre werden lassen und ihn von diesen schwarzen Gedanken erlösen. Und ihn, falls es in ihrer Macht stünde, zur Küste bringen.

Unterdessen wurde es Nacht.

Keiner strahlte so hell wie der Sirius. Antares glänzte nur schwach, erzitterte zuweilen in einem leisen Flackern. Beteigeuze war ein bedeutungsloser Stern, der sich angeblich auf den Schultern des Orion befand. Der Orion war nur schwer zu erkennen, und es kostete einige Mühe, ihn hinter seinen Hunden auszumachen. Die Hunde waren jedenfalls leichter zu finden: an der Schnauze des Großen Hunds funkelte der Sirius. In nördlicher Richtung stand ein heller blauer Stern, der nicht zum Navigieren taugte und dessen Namen niemand kannte. Aber die besten Sterne befanden sich in diesem Himmelsabschnitt.

Der Himmel eines anbrechenden Sommertages in der südlichen Hemisphäre.

Zum ersten Mal in zehn Tagen hatte Antonio Escudero ein angenehmes Erwachen. Die Arme gegen den Körper gepreßt und die Hände zwischen den Beinen vergraben. Es wehte ein lauer Wind, der vom Festland kam. Ich treibe auf dem Pazifik, und niemand weiß es, dachte er. Aber er genoß weiter die Brise, bis plötzlich der niederschmetternde Verdacht in ihm aufkeimte, daß sein Kurs sich geändert hatte und er erneut nach Süden trieb. Ihm ging durch den Kopf, daß er so niemals die Küste erreichen würde. Driftete er tatsächlich nach Süden? Er versuchte sich zu beruhigen und sagte langsam vor sich hin: «Wenn ich nach Norden schaue, ist rechts Osten.» Aber wo war Norden? Er fiel in ein schwarzes Loch, bis ihm die Idee kam, daß er dies aus dem Kreuz des Südens bestimmen konnte. Einige Stunden zuvor war er unter seiner Achse eingeschlafen, die auf den Pol ausgerichtet war. In der südlichen Hemisphäre gab es keinen Polarstern, und es war unmöglich, anhand dieses wüstenähnlichen Himmelsausschnitts den Längengrad zu berechnen. Die im Norden hatten es wie immer besser.

Die schwächsten Sterne waren verblaßt, und es waren keine vollständigen Sternbilder mehr zu erkennen. Der Tag brach an. Bald geht die Sonne auf, dachte er. Plötzlich überkam ihn eine unerwartete Ruhe. Er war noch nicht verloren. Bald würde er seinen Osten haben und von der Sonne gewärmt werden.

Morgenrot. Es wird Regen geben, beobachtete er ein wenig später, als die Sonne über der Steuerbordseite seines Bootes aufging. Er driftete tatsächlich nach Südosten. Das war nicht ganz so schlecht. Außer daß das Wasser kälter werden und er auf das erste Treibeis treffen würde, bevor er die Küste erreichte. Obwohl, bis dahin würde er schon tot sein.

Wenigstens trieb er nicht zum Pol. In der Nacht vor

der Abfahrt, als er sich schlaflos in der Koje herumgewälzt hatte, waren ihm solche Gedanken gekommen. Daß ihn eine Südströmung ins Eis treiben könnte.

An Deck lag ein Fisch. Wie lange lag er schon dort? Ein paar Stunden vielleicht, verdeckt von dem Marmeladenglas, das Antonio zum Wasserschöpfen benutzte. Der Fisch war schon lange tot, die Kiemen blaß, die Augen eingesunken. Er hatte scharfe Zähne: wahrscheinlich war er ein guter Räuber gewesen.

Antonio hielt ihn eine Zeitlang in den Händen, während er überlegte, daß er niemals den Liter Flüssigkeit hergeben würde, von dem die Überlebenshandbücher sprachen. Aber soviel konnte ein Schiffbrüchiger aus einem Fisch von drei Kilo herausholen, wenn er verzweifelt genug war.

Er ritzte ihn mit dem Messer einige Male ein und begann ihn auszupressen. Nach einigen Minuten glänzte der Fisch, doch es war noch kein einziger Tropfen in dem Glas. Er überlegte, ob er die Schnitte von Zeit zu Zeit auskratzen mußte, damit die Flüssigkeit nicht eintrocknete. Da hab ich einen erwischt, der genauso an Verstopfung leidet wie ich, sagte er sich, während er arbeitete. Er biß seine Zähne zusammen und drückte mit aller Kraft auf den Fisch, und schließlich kamen ein paar Tropfen.

Aber seine Arme waren bereits schweißgebadet.

«Es hat keinen Zweck», seufzte er.

Wahrscheinlich würde er mehr als fünfzehn Stunden brauchen, um ein paar Kubikzentimeter aus ihm herauszupressen, die er dann erbrechen würde.

Der Durst macht einen verrückt, nicht das Meerwasser, rechtfertigte er sich, während er die Hand über Bord hielt und einen Schluck schöpfte. Das Wasser tat ihm gut.

Jetzt hatte er wieder nichts zu tun. Das war nicht gut für ihn: er hatte nie etwas mit der Zeit anfangen können, die er für sich hatte. Auf den Schiffen, auf denen er gefahren war, war niemand an den Sonntagen so unglücklich gewesen wie er. Er schlief zu lange. Er irrte über das Deck, durch fremde Gespräche hindurch, und wurde noch deprimierter.

Einmal war sonntags während der Siesta eine Ratte in seiner Handfläche gelandet, als er in der Koje vor sich hindöste. Antonio hatte rasch die Hand geschlossen, und eine Sekunde später flog die Ratte durch die Luft und zerschellte an einem Schott. Es dauerte eine ganze Weile, bis Antonio sich dazu durchrang, aufzustehen und das Ergebnis seines Wurfs zu begutachten. Ihn schauderte vor Ekel, aber schließlich stand er auf und überzeugte sich davon, daß die Ratte tot war.

Eine Zeitlang veränderte dieser Vorfall seine Sonntage. Einen Fleischbrocken in jeder Hand, das Gesicht zur Decke gekehrt, lag Antonio in der halbdunklen Koje und wartete mit angehaltenem Atem auf seine Ratten, während die Leute ihren Sonntagsspaziergang an Deck unternahmen und das Schiff nach Süden fuhr. Da dieses Schiff kein Getreide transportierte, verloren die Ratten irgendwann jede Zurückhaltung und stürzten sich auf alles, was sie fanden. An einem einzigen Sonntag erlegte Antonio über sechzig Stück. Er hatte mittlerweile so viel Übung, daß er sie gegen den Riegel der Tür schmettern konnte, denn beim Aufprall auf ebene Flächen waren die Ratten kaum benommen. Bis schließlich die übrigen das Spiel entdeckten und es gegen Geld zu spielen begannen.

Der Fisch stank furchtbar, und so warf er ihn weg. Er war kein vorbildlicher Schiffbrüchiger, und er wußte es. Er mißachtete zahlreiche Verhaltensmaßregeln. So sah er nichts mehr wegen des gleißenden Lichts, und seine ständig nassen Füße waren zwei unbrauchbare Klumpen. Ich muß mich schonen, sagte er sich, während er traurig seine Füße betrachtete. Er breitete das Hemd über die Augen und legte die Füße auf die Bordwand.

Er hätte schweigen sollen. Aber er begann zu singen.

Ni la Veracruz es una cruz ...
Ni Santo Domingo san-to!
Ni Puerto Rico es tan rico ...
Pa' ponderarlo tan-too!

So würde er keine Fische fangen. In der Ausbildung hatte man ihm einmal gesagt, daß ein geduldiger Schiffbrüchiger, der sich still verhielt, in jeder Lage fischen könne. Ein Obermaat hatte versucht, ihnen zu demonstrieren, daß man aus einer alten Hose eine fünfzehn Meter lange Angelschnur herstellen konnte. Bei der Erinnerung daran lachte Antonio bitter auf. Der Klang seiner Stimme erschreckte ihn. Im Laufe des Nachmittags verschlechterte sich sein seelischer Zustand. Er fürchtete sich vor dem bevorstehenden Einbruch der Nacht. Er wollte nicht wieder alleine in der Dunkelheit sein.

Ein fliegender Fisch sprang vor dem Bug hoch. Es war nicht mehr so heiß, so daß die Kiemen der Fische feucht blieben und sie deshalb länger in der Luft bleiben konnten. Das Kinn auf die Bordwand gestützt, beobachtete Antonio das Schauspiel, bis es um ihn herum völlig dunkel geworden war.

Er hatte das Gefühl, daß dies seine letzte Nacht auf See sein würde. Vielleicht gegen Mitternacht, lange vor dem Morgengrauen, würde ihn die Musik der Brandung wecken. Der Gedanke tröstete ihn. Er dachte an die Landung am Strand und schätzte, daß er mit ein wenig Glück auf einen Abschnitt ohne Felsen zutreiben würde. Aber er würde die ganze Hilfe des Himmels nötig haben, damit sich das Boot in der Brandung nicht querlegte. Es war ein schwieriges Unternehmen, selbst für eine erfahrene Besatzung, die wußte, wann sie rudern mußte, dann nämlich, wenn das Boot auf den Wellenkamm stieg und der Bug um jeden Preis nach vorne gerichtet bleiben mußte. Er überlegte, daß es schrecklich sein mußte, eine Meile vom Strand entfernt zu ertrinken. Dann gewann wieder die Zuversicht Oberhand, und er dachte an die Zeichen, die manchmal auf die Nähe von Land hindeuteten.

Er hatte einen Freund, der einmal eine Grille mit an Bord gebracht hatte. Sie fuhren zu einer kleinen, schwer anzulaufenden Insel, und sein Freund vertraute darauf, daß die Grille zirpen würde, wenn sie Land in der Nähe spürte. Aber die Grille gab während der ganzen Überfahrt keinen Ton von sich, und sein Freund suchte das gesamte Schiff nach ihr ab, um ihr den Kopf zu zerquetschen. Da die Grille nie mehr auftauchte, behaupteten viele, daß sie von einer Ratte gefressen worden war und deswegen nicht das Land angekündigt hatte. Sie fanden keine andere Erklärung für ihr Schweigen.

Mit diesen Gedanken schlief Antonio ein.

Doch die Vorstellung, er könnte in der Brandung ertrinken, blieb in einem Winkel seiner Erinnerung haften und wurde gegen Morgen zu einem furchtbaren Alptraum. Antonio träumte, daß das Boot vor dem Strand zerschellt war und er sterbend im Sand lag. Der Graue war bei ihm, und es war ein strahlend schöner Tag. Über dem Kopf seines Freundes standen fedrige Zirruswölkchen, die bis in die obersten Schichten der Atmosphäre hinaufstiegen. Am Horizont blitzten Wärmegewitter. Es waren die Vorzeichen, die schlechtes Wetter ankündigten.

«Wie lange habe ich noch zu leben?» fragte er.

«Ein paar Minuten», sagte der Graue.

«Ich brauche einen Priester.»

«Hier gibt es keine Priester, Antonio. Ich könnte einen aus Candelaria holen. Aber er käme nicht rechtzeitig.»

«Dann bleib bei mir.»

«Ich rühre mich nicht vom Fleck», erklärte der Graue.

«So ein verdammtes Pech, oder?» sagte Antonio.

«Das war viel Unglück auf einmal.»

«Findest du, daß ich Schiß habe?»

«Nein.»

«Ich kann nichts dafür. Ich fühle mich wie an dem Tag, als Pepe Arriagada ertrunken ist.»

Jetzt war Antonio fast wach, und seine Todesangst mischte sich mit der Erleichterung darüber, auf dem Boot zu sein und durch die stille Nacht zu treiben. Er war unendlich dankbar, nicht an einem Sandstrand zu sterben. Er wünschte sich den Morgen herbei. Er roch das Land, er spürte es zum Greifen nahe. Er hörte den Flügelschlag eines Vogels, der knapp über dem Wasser dahinflog, und sein Körper floß über vor Freude. Wie spät war es? Er versuchte, die Uhrzeit anhand der Position des Kreuzes zu bestimmen. Er betrachtete es aufmerksam, und es kam ihm vor, als hätte es tatsächlich seine Form verändert. Vielleicht stimmte es, daß seine Sterne sich voneinander entfernten und daß es in einigen Jahren nicht mehr zu erkennen war. Das hatte der Steuermann ihm einmal erzählt, als sie in den Himmel schauten und über die Unendlichkeit sprachen. Damals waren sie noch weit vom Kap entfernt gewesen, das Schiff machte gute Fahrt, und sie fühlten sich so sicher wie in einer Kirche. Die Gespräche waren noch zuversichtlich, und niemand wagte es, von Unheil zu sprechen.

Als es hell wurde, schlief Antonio, und die Sonne stieg langsam am Himmel empor und wärmte ihn, bevor er die Augen aufschlug. Er blieb einige Minuten reglos liegen und betrachtete den Boden des Bootes. Zwischen den Planken war ein weiteres Leck. Alle dreißig Sekunden quoll ein Tropfen hervor, der sich nach einer Weile auflöste. Er dachte an die neuen Unannehmlichkeiten, die dieser Tag für ihn bereithalten würde. Er würde versuchen, seine Verdauung in Gang zu bringen, beschloß er. Sein trockener Schiffbrüchigenstuhlgang kam selten und war schmerzhaft, und währenddessen hatte er das Gefühl, daß sein letztes armseliges Leben aus ihm wich.

Er hörte wieder die Vögel. Ihre Schreie erinnerten ihn an das Land. Er lächelte glücklich. Dann sprang er auf und warf einen zuversichtlichen Blick in die Richtung, aus der die Schreie kamen. Er starrte lange dorthin. Wenige Meilen von dem Boot entfernt lag reglos das aufgelaufene Schiff, das er vor elf Tagen verlassen hatte. Darüber kreisten die Möwen wie hungrige Geier.

Er wandte sich ab, um zu weinen. Am Anfang weinte er verhalten, während er das Hemd in den Händen drehte, das er ausgezogen hatte. Dann steckte er es in den Mund, und als sein Schluchzen heftiger wurde, legte er es sich übers Gesicht. Er stand aufrecht im Boot und weinte, und sein Weinen war das einzige, was an diesem Morgen zu hören war.

II. Das Schiff

Lange vor dem Schiffbruch, mehr als fünfzig Jahre früher vielleicht, war das Schiff von einem Narwal attackiert worden, und ziemlich lange hatte unterhalb der Wasserlinie ein kräftiger, dreißig Zentimeter langer Stoßzahn festgesteckt. Als das Schiff kielgeholt wurde, sah man, daß der Zahn die Planken durchbohrt hatte, und alle machten sich Gedanken darüber, was wohl passiert wäre, wenn es dem Narwal gelungen wäre, ihn nach dem Angriff wieder herauszuziehen.

Für die Besatzung des Schiffes hätte es viel ausgemacht, die genauen Umstände dieses Vorfalls zu kennen. Es war ein altes Schiff, und nur noch wenige vertrauten ihm. Aber als es passierte, war der Seegang zu stark, und durch das heftige Schwanken des Schiffes und die Brecher, die gegen die Bordwände schlugen, blieb der Angriff des Narwals unbemerkt. Das Meer färbte sich blutrot, obwohl es zu dunkel war, um das zu sehen. Einige, die im Vorschiff schliefen, glaubten ein Ächzen zu hören, eine Art Röcheln und das Geräusch von etwas, das am Schiffsrumpf entlangschleifte. Eigentlich hörten sie es ganz deutlich. Aber das Leben dieser Menschen war so vom Aberglauben verdorben, daß es für sie nicht vorstellbar war, daß es sich diesmal um einen tatsächlichen Angriff handeln könnte.

Ein Mann allerdings träumte von einem Narwal, der das Schiff attackierte. Aber am nächsten Tag hatte er seinen Traum vergessen, und so erfuhr niemand mehr die Wahrheit.

Sogar wann man das Schiff gebaut hatte, war in Vergessenheit geraten. Die ältesten Zimmerleute von Candelaria wußten es nicht, so daß es an die neunzig Jahre alt sein mochte. Sein Rumpf war aus Guachapalé und die Masten aus Marienholz, und einige, die es in seinen guten Zeiten gekannt hatten, behaupteten, es sei das eleganteste Schiff gewesen, das man je an diesen Küsten gesehen habe.

Es hieß auch, daß es sehr schwierig gewesen sei, die ersten Besatzungen anzuheuern, denn seit dem Tag des Stapellaufs war das Gerücht umgegangen, daß unter Deck ein Zimmermann begraben sei. Bei Nacht, wie es sich gehört, begann der Zimmermann ohrenbetäubend zu hämmern und zu sägen. Die Leute hatten Bedenken, anzuheuern, und das Schiff blieb in der Bucht liegen, bis die Geschichte in Vergessenheit geraten war. Da die Albatrosse es für verlassen hielten, mußte man Vogelscheuchen an Deck aufstellen. Von weitem sah es unheimlich aus. Wenn Wind aufkam und das Schiff rollte, verhielten sich diese Vogelscheuchen wie lebende Wesen, was die Leute in ihren Befürchtungen noch bestärkte.

An dem Tag, als «der Alte» – der Kapitän – an Bord ging, wimmelte es auf der Mole von Schaulustigen. Im Laufe der Zeit sollte das Schiff in die Hände von wirklich alten Männern geraten, aber dieser, der erste, war nicht älter als dreißig und ging mit all der Selbstgefälligkeit an Bord, die der erste Kapitän eines berühmten Schiffes an den Tag legen kann. Er warf die Vogelscheuchen ins Wasser, trat prüfend gegen die Takelage und begann dann prahlerisch zu pfeifen, was, darin waren sich später alle einig, der sicherste Weg war, damit das Schiff zukünftig keinem einzigen Sturm entging, der in der südlichen Hemisphäre tobte.*

Unter dem Kommando dieses Kapitäns spielten sich auf dem Schiff einige der wohl schlimmsten Episoden seiner ganzen Geschichte ab. Es war die Zeit, in der man die Leute noch an den Masten aufhängte, gut geknebelt, damit sie nicht die Offiziere beschimpften, während sie starben. Allen war klar, daß dies zu den vorhersehbaren Risiken an Bord gehörte, und so fehlte in keinem Gepäck ein linnenes Leichentuch. Wenn einem die Stunde geschlagen hatte, flüsterte man ihm hastig ein paar Gebete ins Ohr, und der Segelmeister wickelte ihn unverzüglich ins Leichentuch, ohne ihn noch einmal in die Nase zu zwicken, wie es vorgesehen war. Und ab ins Wasser mit ihm.

Einige Jahre lang war es so üblich, daß die Alten bei der Bestattung jedes Toten eine kurze Predigt hielten. Aber mit der Inspiration der Kapitäne war es nicht weit her, und die meisten beschränkten sich darauf, leise irgendeine alte Vorschrift zu murmeln. Aus einiger Entfernung konnte man das ohne weiteres für ein Totengebet halten. Der Bestattung auf See entging niemand, denn der Transport von Toten an Bord war ebenfalls eine hervorragende Methode, in einem Sturm zu enden. Sich nicht daran zu halten hatte böse Folgen. Einmal starb ein Steuermann, der sich ausgebeten hatte, in

* Nach dem Volksglauben zieht Pfeifen an Bord den Wind an. (A. d. Autors)

einem Branntweinfaß zum Bestimmungsort mitgenommen zu werden. Der Sturm ließ nicht lange auf sich warten, und nach einigen schrecklichen Stunden forderte die Besatzung, den Steuermann ins Schlepptau zu nehmen. So band man ihn mit den Füßen an ein Tau von fünfzig Metern Länge, und mehrere Tage lang zog er hinter dem Schiff her wie ein gieriger Hai. Aber auch das ließ den Sturm nicht abflauen, und nach einer Woche blieb keine andere Wahl, als das Tau zu kappen.

Das Schiff war niemals an fernen Orten gewesen. Es war ein Kohlentrimmer, der auch Kartoffeln transportierte, und im allgemeinen löschte er seine Fracht in den wohlriechenden Häfen der südamerikanischen Küste, die inmitten von Obstplantagen und Hügeln lagen, auf denen Ziegen weideten. Abgesehen von der unzureichenden Heuer war das Leben an Bord dem auf jedem europäischen Schiff vorzuziehen. Vielleicht wegen der Menschen, vielleicht wegen der angenehmen Gegenden, die sie anliefen. Es gab besondere Privilegien: nachts war es erlaubt, die Matratze an Deck zu bringen. Es war ein unwiderstehliches Schauspiel, wie die Männer unter dem Sternenhimmel vor sich hin schnarchten, und es kann nicht verwundern, daß auch die Wache der Versuchung erlag. Nur der Steuermann blieb auf den Beinen, während er mit weit offenem Mund immer wieder einnickte. Wenn er es nicht mehr aushielt, band er das Ruder fest, rechtfertigte sich mit einem Fluch und schlief ein. Bis zum Morgengrauen trieb das Schiff führerlos dahin, es schwankte und stellte sich quer zu den Wellen. Womöglich neigten sich die Segel, und das Schiff machte Fahrt zurück. Selbst in

Momenten wie diesen stellte es seine Seetüchtigkeit unter Beweis.

Das Schiff stand unter einem guten Stern und kreuzte nie die Bahn jener schwimmenden Felsen, die im Atlantik trieben und vor denen sich alle fürchteten. Häufig allerdings machten die Rudergänger in der Ferne die Insel San Mamerto aus, auch wenn man dieser Entdeckung lediglich die Aufmerksamkeit widmete, die sie verdiente. San Mamerto war eine umhertreibende Geisterinsel, und in Candelaria war schwerlich jemand zu finden, der nicht einmal ihre schneebedeckten Gipfel gegen die im Westen stehende Sonne gesehen hätte.

Die Insel war natürlich eine Halluzination. Aber einige Tage auf See genügten, damit die Männer von ihren Visionen heimgesucht wurden. Die günstigste Stunde war bei Sonnenuntergang, vorzugsweise bei klarem Himmel, der Irrtümer ausschloß. Dann konnte man für einige flüchtige Sekunden, die endeten, wenn die Sonne hinter dem Horizont versank, verdächtig klar die Bergkette und die Steilküsten von San Mamerto erkennen. Von diesem Moment an verfielen alle in tiefes Schweigen. Vielleicht zog jemand während des Essens ein Blatt Papier hervor und zeigte eine kleine, ungenaue Zeichnung herum. Dann begannen die Diskussionen, da die Versionen nie übereinstimmten. Jeder bat den Zeichner, seine eigenen Beobachtungen hinzuzufügen, so daß die Insel allmählich ein unglaubliches Aussehen annahm, bis sich schließlich alle fragten, ob es wohl möglich war, daß etwas derartiges existierte.

Die Großmutter der Reeder behauptete mehr als

einmal, daß dieses Schiff unter dem Schutz des Himmels stehe, woran sie nicht ganz unbeteiligt sei. Wer sie kannte, dem fiel es schwer, in dieser hutzligen Alten, die scheu war wie ein Thunfisch, die Frau mit den wundervollen Brüsten wiederzuerkennen, die den Bug zierte. Sie war stolz darauf, dort ihren Platz zu haben, und die Seeleute wußten, daß sie dieses Schiff liebte und daß sie immer auf ihre Bittmessen zählen konnten. Nach Ansicht vieler gaben die Brüste der Großmutter dem Schiff Auftrieb und wirkten seiner Neigung entgegen, bei Sturm den Bug zu versenken. Mehr als einer hätte gerne in ihren guten Zeiten ihre persönliche Bekanntschaft gemacht und etwas mit ihren Brüsten zu tun gehabt.

So kamen und gingen zahlreiche Alte. Am längsten von allen blieb der erste, der sich von dem Tag an, als er die Vogelscheuchen mit einem Fußtritt von Bord beförderte, im Gleichklang mit seinem Schiff zu verschleißen begann. Beide sahen sehr mitgenommen aus, als sie sich trennten, so als hätten sie ein halbes Jahrhundert Ehe hinter sich. In Wirklichkeit waren kaum zwanzig Jahre vergangen. Nach Ansicht der Besatzung war in Candelaria kein anderes Paar bekannt, daß schlechter miteinander umgegangen wäre. Die Splissungen des Schiffes waren aufgeplatzt, die Segel geflickt, und es sah bedauernswert aus, seit es einmal in den vierzig tosenden Winden gewesen war. Die Havarien des Kapitäns wurden verschwiegen, aber viele dachten, daß dieser Mann in seinem Leben kein Schiff mehr betreten würde, als sie ihn auf der Mole davongehen sahen.

Dem nächsten Alten eilte ein schlimmer Ruf voraus, denn im Hafen hieß es, daß er bei einem Schiffbruch den Schiffsjungen aufgegessen habe. Die Wahrheit sah anders aus. Dieser Schiffsjunge war vollkommen verrückt gewesen, und als sie nachts auf einem Floß dahintrieben, hatte er versucht, ihm den Fuß abzubeißen. Aber der Alte hatte keine Interesse daran, sich jemandem zu erklären, so daß die berüchtigte Einsamkeit der Kapitäne in seinem Fall noch größer und er der einsamste aller Männer war, die je dieses Schiff betraten.

Was läßt sich über die übrigen sagen? Jeder hinterließ seine eigene Spur, und die Männer, die einander ablösten, sahen sich in der Kajüte um und dachten dabei an ihre Vorgänger. Da gab es zum Beispiel eine französische Verfassung, eine Hinterlassenschaft des ersten Alten, der sie einem Bewohner der Isla Maldonado versprochen hatte. Der Inselbewohner hatte nur Gutes über diese Verfassung gehört und bestellte eine bei jedem Schiff, das vorbeikam. Aber diese Küsten waren schwer anzulaufen, und die Schiffe kehrten selten wieder. So erklärte es der Inselbewohner in dem Gespräch, das er mit dem ersten Alten am Strand führte, während die siebenundzwanzig Personen, aus denen sein Dorf bestand, aus einer Laubhütte hervorlugten. Der Alte versprach, die Verfassung bei einem europäischen Kapitän zu bestellen und sie dann bis zur geeigneten Gelegenheit bei sich zu behalten, machte jedoch deutlich, daß er nicht sagen könne, wann er wieder nach Maldonado komme. Der Inselbewohner pflichtete verständnisvoll bei, denn ihm war klar, daß seine Insel kein Ort war, an den man zurückkehren wollte. Während er das sagte, urinierte er mit der größten Selbstverständlichkeit fast auf die Füße des Alten, und dieser erinnerte sich gut an jenen Tag, an die kleine Bucht, in der sie geankert hatten, und an die Dorfgemeinschaft, die neugierig ihren Verhandlungen folgte, vielleicht weil der Inselbewohner ihnen zu große Hoffnungen auf die Verfassung gemacht hatte. Der Inselbewohner hatte seine Dorfvorsteheruniform angezogen, die aus einer dunkel getönten Brille bestand, einer Polizeimütze und einer Stoffjacke, die ihm die Wohlfahrt geschenkt hatte. Er verabschiedete sich überschwenglich von dem Alten, und sie sahen sich nie wieder.

Dann wurde plötzlich der Frachtraum knapp, und in dieser Zeit fuhr das Schiff beängstigend beladen, es lag tief im Wasser und war schwer zu manövrieren. Die Fahrten dauerten doppelt so lang, und manchmal wurde das Essen knapp. Dann wurde der Zwieback am Abend ausgeteilt, damit die Männer die Würmer nicht bemerkten, die sich im Brot tummelten. Aber keinem blieb sein Inhalt verborgen, und einige begnügten sich mit der vorschriftsgemäß neben dem Besanmast gerauchten Zigarette, einen Eimer Wasser in Reichweite. Zwischen Sonnenuntergang und Morgengrauen war es verboten zu rauchen, so daß die Besatzung im Vorschiff auf der Hut war und nie in den Kojen rauchte. Sie bildeten einen Kreis und rauchten schweigend, während sie gedankenverloren dem Gluckern des Wassers lauschten, das unter dem Schiffsrumpf hindurchfloß, und dem Knarren der Planken.

Manchmal, sehr selten, kam ein wirklich spannendes Gespräch zustande, und die Kontrahenten zogen die übrigen mit ihren eigenwilligen Argumentationen in ihren Bann. Zum Beispiel:

«Wenn jeden Christen die Auferstehung erwartet, werden dann die Christen, die von Kannibalen gefressen wurden, so auferstehen, wie sie im Augenblick ihres Todes waren, oder als Teil der Kannibalen, von denen sie aufgefressen wurden?»

«Die Sterne blinken, weil man sich beim Betrachten so anstrengt, da beginnt das Auge zu zucken.»

«Mit blauen Augen sieht man nicht so weit.»

«Wenn man die Leichen eines Christen und eines Juden zusammen ins Wasser wirft, dann treibt der Christ mit dem Gesicht nach unten und der Jude mit dem Gesicht nach oben.»

«An Küsten mit Gezeiten stirbt man nur bei Ebbe.»

Als das Frachtgut knapper wurde, hob sich der Rumpf wieder auf normale Höhe, und eine Zeitlang zeigte das Schiff seine alten Qualitäten. Seine Männer waren stolz, den bekanntesten Segelschiffen zu begegnen, der *Ladrillero*, der *Espaciosa* oder dem Schoner *Camargo*, an ihnen vorbeizuziehen und sie achtern verschwinden zu sehen. Aber es waren zu viele Jahre vergangen, und der Rumpf wies Gebrechen auf, von denen er sich schwerlich erholen würde. Um das Eindringen des Wassers zu kontrollieren, urinierte die Mannschaft ausschließlich in den Kielraum, so daß alles einen widerlichen Gestank ausströmte, der so intensiv war, daß man lieber an sich hielt. Wurde er schwächer, war dies das Zeichen, daß Wasser in den Kielraum eingedrungen war.

Mit dem Sommer kamen die Kakerlaken. Sie hatten

sich munter vermehrt und krochen nachts von den Decksbalken in die Kojen, wo sie ganz vorsichtig jedes Krümelchen Fett von den Fingern der Besatzung nagten. Einige Männer, die in der Unterkunft ihr Mittagsschläfchen hielten, wachten mit tauben Fingerkuppen auf. Das Gefühl verging rasch, aber sie hörten nicht auf, ihre Finger zu untersuchen und sich zu fragen, was da passiert war. Als die Wahrheit ans Licht kam, entbrannte eine erbitterte Jagd, und die überlebenden Kakerlaken zogen sich in die Tiefen des Schiffes zurück. Daraufhin rückte man ihnen mit Ausräuchern zu Leibe.

Einige Jahre lang ließen sie sich nicht blicken. Aber sie waren da, krabbelten bis zum Morgengrauen umher, sobald die Lichter gelöscht wurden, und nagten an allem, was nach Fett oder Weizenmehl roch. Von den Menschen allerdings hielten sie sich fern. Die Waghalsigsten ließen sich an Deck blicken, sie erkundeten das Vorschiff, kletterten die Bordwand hinauf und schaukelten auf dem Bugspriet, von dem in stürmischen Nächten – so erzählt man sich – so mancher Mann nicht zurückgekehrt ist. Sie traten immer rasch den Rückzug an, sicherlich weil sie dieses Meer schreckte, das unter ihnen brodelte.

An Sankt Berto in einem wirklich ungewöhnlichen Jahr dümpelten das Schiff und seine Besatzung in einer Flaute vor Punta Rodrigo, ohne größere Hoffnungen, bald von dort wegzukommen, als der Alte an Deck erschien, einen Blick auf die schlaffen Segel warf, ein paar Bemerkungen über die träge See und die feinen Teufelsbärte machte, die vom Mastwerk herabhingen, und feststellte: «Da braut sich ein verteufelter Sturm zusammen.» Die Wetterprognosen dieses Alten waren verblüffend genau, und daß er das sagte, genügte, damit alle sich in Bewegung setzten, um die Segel einzuholen, die Ladung festzuzurren und die Anker bereitzulegen. Aber nach einigen Stunden hatte sich noch nichts getan, und unter der milden Frühlingssonne boten das sturmfest gemachte Schiff und die Männer in ihrem Ölzeug einen wahrhaft absonderlichen Anblick. Der Bootsmann schloß eine Luke, die übersehen worden war, und von diesem Moment an rührte sich niemand mehr, abgesehen von dem Hund des Alten, der wie üblich enttäuscht in den Ecken herumschnüffelte.

Ein Vogel zeigte sich am Himmel. Einige sagten, es sei ein Kormoran, andere meinten, daß es sich um einen Seefalken handle. Diese letzteren warteten gespannt, ob der Falke selbstmörderisch auf das Deck hinabstoßen würde, denn diese Tiere wurden im Alter oft kurzsichtig und verwechselten die Schiffe mit einem Fischschwarm, und dann kam es zu solchen Vorfällen.

Aber es war nur ein Kormoran.

Vor dem Sturm geschah etwas, das allen die Haare zu Berge stehen ließ. Gelangweilt vom Warten, stapfte ein Kajütenjunge vor einem Windfänger auf und ab, als er plötzlich die verschwunden geglaubten Kakerlaken dort hervorkriechen sah. Sie waren in Panik wegen des bevorstehenden Sturms, und viele krabbelten über Deck und stürzten sich ins Meer. Andere flogen davon. Jene, die an Bord blieben, waren nicht so aufgeschreckt wie der Rest, und für einen Moment sah es so aus, als kröchen sie zurück. Aber schon kamen die ersten Böen auf, und als der Sturm nachließ, war keine einzige Kakerlake mehr auf dem Schiff. Für den Hund des Alten war es die Überraschung seines Lebens gewesen, und in den folgenden Tagen wirkte er ratloser als je zuvor, wie er stundenlang vor dem Windfänger lauerte, in der Hoffnung, daß sich der Vorfall wiederholen würde. Aber es ist nicht bekannt, daß sich noch einmal etwas derartiges ereignet hätte, und später sollten viele Grund genug haben, die Flucht der Kakerlaken zu bedauern.

Anders als man hätte vermuten könnte, gab es in all diesen Jahren keine Morde an Bord. Die Besatzung wußte sehr gut, warum: der Mörder wurde weder erhängt noch hinterrücks erschossen, ja er wurde nicht einmal fünf Minuten arrestiert. Man fesselte ihn einfach an den Toten und warf sie zusammen ins Meer.

Hingegen kam es häufig zu Gemurre und Ungehorsam. Der vielleicht schwerste Fall war das ungebührliche Benehmen des Marsgastes Machado gegenüber einem Kapitän, dem mehrere Besatzungen in Folge geschworen hatten, ihn am Anker festzubinden, um ihn bei der erstbesten Gelegenheit mit diesem zu versenken. Doch dieser Alte ging entschlossen gegen die Unruhen vor, und nach jeder Fahrt nahmen seine Mannschaften geschlagen ihren Abschied. Er machte sein großmäuliges Versprechen wahr, daß sogar seine Jacke ihnen Gehorsam beibringen werde, während sie am Haken hing. Aber er ging zu weit in seinem Despotismus und setzte sich über weise, altbewährte Regeln hinweg. Sonst wäre Machado noch am Leben. Roberto Machado, der aus San José.

Ob Roberto wohl in den Himmel gekommen ist?

Wenigstens kam er von dort an dem Tag, als man ihn hängte. Diejenigen, die ihn im Versorgungsboot vom Landgang kommen sahen, hatten keinen Zweifel an seinem kolossalen Rausch und stellten einige Prognosen hinsichtlich des Empfangs auf, den ihm der Kapitän bereiten würde. Im großen und ganzen lag die Mehrheit richtig. Als Roberto an Deck erschien und versuchte, den Alten auf den Hinterkopf zu küssen, hielt dieser sich an keinen der Ratschläge, die das Reglement vorsah. Er ging ihm nicht schnellstens aus dem Weg, noch vermied er einen Streit. Er rief nicht die Kameraden, damit sie sich um ihn kümmerten; er bewies nicht das Fingerspitzengefühl, das im Umgang mit einem betrunkenen Matrosen geboten ist, der seinem Kapitän zu nahe tritt. Er tat das genaue Gegenteil und beschimpfte ihn zudem wüst vor der halben Mannschaft.

Obwohl er sichtlich zerknirscht war, entfuhren Roberto zusehends seine primitiven Ansichten über den Kapitän, und in einem unachtsamen Moment stieß er ihn über Bord. Der Alte stürzte zweifellos unglücklich, denn er fiel auf das Boot, mit dem Roberto gekommen war. Als man ihn nach oben zog, hatte er sich mehrere Knochen gebrochen, aber er war fest entschlossen, nicht ohnmächtig zu werden, solange Roberto Machado noch auf dieser Welt weilte.

Sie lagen in San José vor Anker, und Robertos Hinrichtung stellte ein ernstliches Problem dar, denn es war unmöglich, ihn vor aller Augen an den Masten aufzuknüpfen. Der Alte entschied, daß seine Kajüte der perfekte Ort sei, und dorthin führte man ihn. Roberto war wieder zur Besinnung gekommen und fragte den

Alten, ob da nichts zu machen sei. Der Alte hielt sich nicht damit auf, ihm zu antworten. Statt dessen gab er eine Reihe von genauen Anweisungen, wie die Hinrichtung vonstatten gehen sollte. Ein Besatzungsmitglied vermaß Roberto vom Scheitel bis zur Sohle und schnitt ein Seil zurecht, das er an dem Haken befestigte, an dem die schwere Kajütenlaterne hing. Dann schob jemand einen Schemel unter seine Füße, und Roberto hielt gehorsam seinen Hals hin. Man fragte ihn nicht einmal, ob er noch etwas zu sagen habe. Der Schemel bekam einen heftigen Tritt, und während er ins Schwanken geriet, konnte Roberto die ungläubigen Mienen seiner Henker beobachten: die des Kapitäns, der in der Koje lag, des Bootsmanns, der aufpaßte, daß der Haken hielt, und der Seeleute, die seine Verrenkungen mit einem gewissen Mitleid verfolgten. Der Knoten schnürte ihm unerbittlich die Luft ab, und als Roberto glaubte, sein letztes Stündlein habe geschlagen, stellte er verdutzt fest, daß er den Fußboden berührte. Er setzte verstohlen den Fuß auf, um festzustellen, ob seine Entdeckung stimmte: tatsächlich, er hatte wieder Boden unter den Füßen. Das Seil hatte sich stärker gedehnt als vorausgesehen, und deshalb befanden sie sich nun in einer verzwickten Lage.

Der Alte war wütend. Während jemand davonlief, um ein verzinktes Drahtseil zu holen, stellte sich Roberto unauffällig auf die Zehenspitzen, was den Druck auf seinen Hals beträchtlich minderte. Es war ein unangenehmer Moment für alle, und keiner fühlte sich wohl, bis die Hinrichtung ordnungsgemäß ausgeführt war.

Insgesamt wechselte das Schiff dreimal den Besitzer. Die ersten Reeder nannten es fünfundzwanzig Jahre ihr eigen, und in dieser Zeit hieß es *Lucía Alvarado*, nach der Großmutter von der Galionsfigur. Die nächsten Eigner stellten fest, daß der Schiffsrumpf in keinem besonders guten Zustand mehr war, und fanden, daß es auf seinen künftigen Fahrten den Schutz eines frommen Namens gebrauchen könne. Nun hieß es *Cristo Viejo*. Nach einigen Jahren, in denen die Geschäfte schlecht liefen, ging es mit diesen Leuten bergab, und das Schiff gelangte unter seinem ursprünglichen Namen wieder in den Besitz der Familie Alvarado. Damals hatte die Großmutter gerade ihren zweiten Mann verloren, und so wurde es auf den Namen *Lucía Alvarado, Witwe Pereyra* umgetauft.

Unter diesem Namen kaufte es sein zukünftiger Kapitän, der Mann, der es auf seine letzte Fahrt schicken sollte und den alle in Candelaria als El Cenizo, «den Grauen»,* kannten. Obwohl man es nicht genau wußte, war das Schiff vierundneunzig Jahre alt, und Segeln war nicht mehr rentabel.

Eines Morgens im November, in der Bucht wehte ein heftiger, schmutziger Nordwind, ruderte der Graue in einer Jolle zu dem Schiff hinaus, während er überschlug, wieviel Mann Besatzung er mindestens brauchte. Er inspizierte das Vorschiff, öffnete den Kielraum, überprüfte die Segel und dachte, wie verkommen alles aussah. Auf dem Tisch standen einige Krüge

* El Cenizo hat im Spanischen eine doppelte Bedeutung: Der Aschgraue und der Unglücksrabe. (A. d. Übersetzerin)

mit Materesten von der letzten Besatzung. Der Graue trug sie an Deck und wusch sie sorgfältig in einem Eimer aus, während er über die Schritte nachdachte, die er unternehmen wollte.

Er liebte dieses Schiff; wahrscheinlich liebte es niemand so wie er. Es gefiel ihm, wie es war, ein heruntergekommener Kohlentrimmer. Aber er war der Überzeugung, daß ein Schiff vor allen anderen Dingen einen respekteinflößenden Namen brauchte, einen eindrucksvollen Namen, der seiner Besatzung Mut machte und ihr Vertrauen stärkte. So besagte es die Theorie eines spanischen Admirals, der vielleicht ein guter Admiral gewesen war. Es gab also gewichtige Gründe, das Risiko einzugehen.

Aber er ließ es bleiben.

Es wäre eigentlich eine Schwäche gewesen, die lediglich die Kette von Fehlentscheidungen verlängert hätte, denn der Graue wußte so gut wie jeder andere, daß man nicht ungestraft den Namen eines Schiffes antastete, erst recht nicht, wenn ein frommer Name darunter gewesen war.

Im Laufe der Jahre würde es nicht an Leuten mangeln, die versuchten, die Umstände zu rekonstruieren, die zu der letzten Odyssee des Schiffes führten. Unter den verfügbaren Zeugenaussagen wäre besonders die Version von Mariano Ojedo interessant, Besitzer der Kneipe, in der sich der Graue an dem Tag aufhielt, als er den Schoner kaufte. Es war ein typischer Sonntag in Candelaria, strahlender Sonnenschein und verwaiste Straßen. Bei Einbruch der Dunkelheit würden die Leute über die Hafenstraße flanieren, und jede Familie würde vor der Casa Mallorca stehenbleiben, dem Laden von Valdez und der Fahrradhandlung Gardello, wo ein blitzblanker Royald Enfield mit vier Zylindern ausgestellt war. Im allgemeinen interessierten sich die Leute schon mehr für Autos als für Schiffe.

Als der Graue ins Teologal kam, lag der Laden im Dämmerlicht, und Mariano Ojeda hatte ihn soeben mit Flit ausgesprüht. Es war niemand da außer Antonio, der zusammen mit Mariano Radio hörte. Der Graue setzte sich zu ihnen und bestellte ein Africana-Bier. Währenddessen drehte Antonio, dessen Finger entstellt waren von den vielen Stichen, die er sich im Laufe seines Lebens beim Segelflicken bei schlechtem Wetter zugezogen hatte, am Radio. Mariano Ojeda erinnerte sich, daß der Empfang manchmal gut war und dann wieder rauschte. Er erinnerte sich auch, was im Radio gekommen war. Der Sprecher hatte eine Meldung verlesen, daß die Schwarzen in Angola Sirenen fingen, um sie zu essen, und hatte seine Hörer gefragt, ob man das als einen Fall von Kannibalismus ansehen könne. Mariano interessierte sich grundsätzlich nur für abstruse Fragen. Einmal, es war in San José gewesen, hatte er sie zu einem Vortrag mitgenommen, bei dem ein Mann «klar und eindeutig» das Geheimnis der Quadratur des Kreises erklären wollte. Sie schlichen sich heimlich davon und kehrten betrunken aufs Schiff zurück. In jenen Zeiten hatten sie Geld in den Taschen und tranken nur Black Velvet, einen Cocktail aus Champagner, Cognac und Africana-Bier, der ihnen verdammt gute Zeiten verschafft hatte.

Mariano Ojeda erinnerte sich ganz genau, daß Antonio gesagt hatte:

«Na ja, man kann nicht unbedingt behaupten, daß der Name nach einem Schiff der *Cunard-Line* klingt», bemerkte Antonio. «Aber schlecht ist er nicht.»

Die Stimme aus dem Radio war nicht mehr zu verstehen, und so schalteten sie es aus. Mariano Ojeda ließ sie alleine.

«Ich will nicht, daß er nach was klingt», sagte der Graue. «Mir wäre es nur lieber, wenn es nicht Witwe Soundso heißen würde.»

«Weißt du, wie die Alte genannt wurde? Das Schätzchen. Sie hat sich reichgebumst.»

«Das Schlimme ist das *Witwe.*»

«Dann sagen wir halt nicht Witwe. Was meint Dolores dazu?»

«Nichts meint sie. Frauen können mit Schiffen nichts anfangen. Sie wollen nur eine größere Küche.»

«Einer Frau kann ein Schiff nie zu klein und eine Küche nie zu groß sein», stellte Antonio fest.

«Aber die Witwe hat dieses Schiff geliebt.»

«Sie war anders.»

«Und übergeschnappt.»

«Nur von der Taille abwärts. Eine Schwäche. Im Kopf war sie ganz klar.»

Mariano brachte einige Schüsselchen.

«Gibt es keine Garnelen?» fragte der Graue.

Mariano nickte.

«Ich habe auch Tintenfisch in chilenischer Soße.»

«Gut.»

Antonio wartete, bis er hinausgegangen war, und sagte dann:

«Mariano will das Dienstmädchen heiraten.»

«Ehrlich?»

«Sie hat's mir erzählt. Sie leben schon zusammen.»

«Der arme Mariano. Diese Schwarze ist ein wildes Pferdchen.»

«Er macht sich Sorgen. Er behauptet, daß uns der liebe Gott zweitausend Schuß mit auf die Welt gegeben hat.»

«Nur zweitausend?»

«Zweitausend.»

«Nicht vielleicht zwanzigtausend?»

«Nein, Mann», sagte Antonio gereizt. «Wieso zwanzigtausend?»

«Dann bin ich gearscht. Ich hab schon die ganze Ladung verpulvert.»

«Mariano auch. Nach dem Genuß kommt die Reue.»

«Im Bett sollte man sich an die Gleichaltrigen halten.»

«Dieses Mädchen ist 'ne Wucht. Sie hat bei meiner Tante Himelda im Haushalt gearbeitet.»

«Wenn Mariano das erfährt, schneidet er dir die Eier ab.»

«Gestern abend war ich zum Essen bei ihnen. Mariano hat sie mir vorgestellt.»

«Verzwickte Situation.»

«Was ist?» fragte Mariano.

«Nichts. Wir haben über deine Schüsse geredet», sagte der Graue.

Mariano verstand und schlug mit der Serviette nach Antonio.

«Hat dieser Saukerl dir's schon erzählt», sagte er,

während er weitere Schüsseln auf den Tisch stellte. Dann setzte er sich wieder zu ihnen. Später stand er auf und nahm seinen gewohnten Platz hinter dem Tresen ein. Er beschäftigte sich mit etwas, das für seine Freunde vom Tisch aus nicht zu erkennen war. Antonio sah ihm lange zu, dann beugte er sich zu dem Grauen hinüber und sagte ganz leise:

«Weißt du, wozu es Tresen gibt? Um die Galicier* von den Leuten fernzuhalten.»

Es war ein typischer Sonntag in Candelaria, heiß und menschenleer, aber die geschlossenen Jalousien und Marianos Flit hielten den Ort kühl. Es war kurz vor der Abfahrt.

* Abfällige Bezeichnung für die Einwanderer aus Spanien (A. d. Übersetzerin)

III. Das Haus

Während der Graue im Teologal fraternisierte, warf seine Frau zum zehnten Mal am Tag einen bedauernden Blick auf die Kleidungsstücke, die weggeworfen werden sollten, und rettete im letzten Moment das blau bedruckte Kleid und ein Tuch mit einem farbenprächtigen tropischen Sonnenuntergang, das sie nie zu tragen gewagt hatte.

In jener Woche hatten sie das Haus entrümpelt, obwohl Dolores standhaft darum kämpfte, einige Dinge zu retten, die der Graue aussortiert hatte und die nun wieder in den Schrankfächern lagen. Sie hob einige Hüte und viele Kleider aus der Zeit auf, als es im Haus so kalt gewesen war, daß es abends Überwindung kostete, unter die Laken zu kriechen, und man in Kleidern schlafen mußte. Jetzt besaß das Haus einen großen Holzofen, und im Winter war es angenehm, dort zu sitzen und die Schiffe zu beobachten, die gegen den Westwind ankämpften, um das Land zu erreichen.

Als sie mit den Kleidern fertig war, ging Dolores in die Küche und widmete sich wieder der Zubereitung einer Orangenmarmelade, mit der sie am Vortag begonnen hatte. Während sie rührte, schaute sie aus dem Fenster und schüttelte den Kopf. Ihr Mann kam, wahrscheinlich nicht nüchtern, mit Antonio die Hafenstraße herauf. Sie überlegte, ob er wohl aus dem Teologal kam und zuviel getrunken hatte.

Als sie noch jung und schlank gewesen waren, war er einmal sternhagelvoll aus dem Teologal gekommen, und als sie sich weigerte, ihm die Tür aufzumachen, hatte er Reisig vor die Wand geschichtet und das Haus in Brand gesteckt. Obwohl das Feuer nicht übergriff, tat ihm sein Verhalten danach furchtbar leid, und sie nutzte die Gelegenheit, um ihm einige alte Niederträchtigkeiten vorzuhalten. Darauf verpaßte er ihr ein paar Ohrfeigen, und sie warf ihm alle Schimpfwörter an den Kopf, die sie kannte. Dann begann sie zu weinen und sagte ihm, daß sie ihn über alles auf der Welt liebe. So schliefen sie in jener Nacht wie immer, sie an seinen Rücken geschmiegt und ein Bein zwischen seine geschoben.

Aber normalerweise vertiefte er sich in sein Navigationsbuch, sobald sie im Bett lagen. Sie wurde vom Lesen schläfrig und war nicht in der Lage, in dem Roman weiterzuschmökern, den er ihr gegeben hatte, in dem die Personen ständig «entsetzlich erbleichten» und das größte Vergnügen des Kapitäns darin bestand, den Koch einige lebende Kakerlaken verschlucken zu lassen. Vielleicht hätte sie sich an ein richtiges Buch gewagt, in dem es um die Gefühle der Leute ging. Aber dies war der einzige Roman im ganzen Haus.

Manchmal schlief der Graue zuerst ein, und während Dolores an seinen Rücken geschmiegt dalag, dachte sie, daß der Verstand dieses Mannes, der immer vom Weggehen sprach, im Schlaf nur auf halber Kraft lief und daß sie irgendwann aufwachen würde und er nicht mehr da wäre. Er wachte nachts oft auf und glaubte, er befände sich auf dem Schiff und die plötzliche Reglosigkeit um ihn herum rühre daher, daß sie in ein Wellental gefallen waren und das Schiff gleich reagieren und sie wieder das Heulen des Windes hören würden, bis ihn das leise Atmen seiner Frau neben ihm auf festen Boden zurückbrachte. Aber es brauchte seine Zeit, bis ihn das Bild dieses Schiffes losließ, das in der Dunkelheit die Wellen erklomm. Manchmal wehte in dem Traum ein unbarmherziger Wind, andere Male regnete es nur, aber immer fuhr das Schiff durch die Dunkelheit und war auf Gottes schützende Hand angewiesen. In jener Zeit dachte der Graue oft an die gewaltige Wucht der größten Wellen, die es überhaupt gab, und so kam es, daß er im Schlaf sprach und Befehle brüllte, die nur der Verzweiflung entspringen konnten.

Seine Stimme erschreckte den Hund, den sie damals besaßen und der neben der Schlafzimmertür schlief. Der Hund sprang auf und spähte in Richtung Bett. Dann lief er einige Schritte durch den Korridor, und oft tapste er ins Bad und trank zur Beruhigung ein bißchen Wasser aus der Kloschüssel. Dann trottete er zurück und sah erneut zum Bett hinüber. Er war ein schlaues Tier mit gerunzelter Stirn, was ihm den Anschein gab, als verfolge er immer genau, was um ihn herum geschah. Wenn sein Herrchen im Schlaf schrie, wurde auch der Hund unruhig und litt von der Tür aus.

Der Hund war schon vor vielen Jahren gestorben, und sie hatten sich nie dazu durchgerungen, einen neuen anzuschaffen. Sie hatten ein kleines Mädchen gehabt, das ebenfalls gestorben war und für das sie auch keinen Ersatz gesucht hatten, aber sie sprachen nie von ihr, obwohl jeder von beiden genau wußte, wann der andere an sie dachte.

Dolores konzentrierte sich wieder auf die Marmelade, und als sie erneut aufsah, stellte sie fest, daß ihr Mann und Antonio von der Mole verschwunden waren. Aber sie wußte genau, wo sie waren, und suchte mit einem erfahrenen Blick die Bucht ab, bis sie sie dabei entdeckte, wie sie leichtfertig zum Schiff hinüberruderten. «Der letzte Besuch des Tages», sagte sich Dolores. «Sie werden an Bord spielen, bis es dunkel wird», dachte sie dann. «Sie werden hungrig zurückkommen, und das Essen wird nicht reichen.» Die Beine des Grauen waren zu lang für die Jolle, und sie war beinahe gerührt. Aber rasch überwog das vage Unbehagen, das sie beschlich, wenn sie an das Schiff dachte, und sie versuchte, sich auf ihre Arbeit zu konzentrieren. Langsam rührte sie mit dem Holzlöffel, bis die Marmelade eine glänzende Farbe annahm.

«Ist es nicht eine Schönheit?» hatte er sie vor zwei Wochen gefragt, während er von diesem Fenster aus auf das Schiff in der Bucht deutete.

Sie hatte verständnisvoll gelächelt und sein Schiff gelobt, ohne den Mut zu finden, ihm zu gestehen, daß sie es sich genau angesehen hatte, als sie vom Einkaufen gekommen war, und genauso ernüchtert gewesen war wie damals als kleines Mädchen, als sie am Strand einen gestrandeten Wal entdeckt hatte. Das arme Tier hatte keine schöne blaue Haut gehabt, wie man ihr versprochen hatte, sondern einen mit allerlei furchtbar stinkendem Getier und Muscheln überkrusteten Panzer, an dem sich die Möwen mit größter Begeisterung gütlich taten. Damals hatte sie keinen Grund gehabt, ihre Enttäuschung zu verhehlen, und so hatte sie auf dem Heimweg lauthals geweint, mehr aus Selbstmitleid als wegen des Wals.

Und dennoch hatte sie dieses Mal beschlossen, ihn zu begleiten. Es war ihr Vorschlag gewesen, und während sie jetzt ihren Gedanken nachhing, fragte Dolores sich, ob ihr unerwartetes Verhalten mit den Ängsten zu tun hatte, die sie in letzter Zeit quälten und für die sie keine Erklärung fand.

Wie erwartet, trafen der Graue und Antonio schließlich spät zum Abendessen ein. Sie servierte ihnen Wermut im Eßzimmer, und während sie sah, wie sie sich gegenseitig zuprosteten, dachte sie wie immer eifersüchtig an das tiefe Verständnis, das die Männer füreinander aufbrachten, wenn sie zusammen zur See fuhren, und das sie nicht einmal für ihre Frauen übrig hatten. Als sie später mit den Ravioli zurückkehrte, fand sie sie über die Seekarten gebeugt, die sie auf dem Fußboden ausgebreitet hatten. Antonio war wesentlich jünger als ihr Mann, aber man merkte, daß sie die Gesellschaft des anderen genossen und im großen und ganzen auf einer Wellenlänge lagen. Die beiden standen auf, und Antonio breitete die Arme aus.

«Gib mir einen Kuß, Dolores», sagte er zu ihr.

Sie ließ sich gehorsam drücken, dann machte sie sich los und begann den Inhalt der Schüssel auf die Teller der Männer zu verteilen.

«Macht sie dir keine Salätchen und Süppchen mehr?» fragte Antonio. «Die Frau ist ja wie umgewandelt.»

«Nur deftige Eintöpfe», sagte Dolores. «Das ist das einzige, was er versteht. Noch ein bißchen Tomatensoße?»

«Viel Tomatensoße», sagte der Graue.

«Wie herrlich, im Alter noch so einen Hintern zu haben», bemerkte Antonio, als sie davonging.

«Wir werden schon noch zusammenkommen, Antonio», erwiderte Dolores aus der Küche.

«Du bist wie eine Großmutter für mich», sagte Antonio, während er den Käse über seinen Teller schüttete.

«Was gibt's Neues?» fragte sie dann.

«Wir haben noch einen dunklen Matrosen», erzählte Antonio. «Ob er Bolivianer ist?»

«Ich glaube nicht», sagte der Graue.

«Sagt er nicht *Caballero*? Alle Bolivianer sprechen sich mit *Caballero* an.»

«Der hier ist Chilene.»

«Schade. Ich mag es, wenn man mich *Caballero* nennt. Waren mal zwei Bolivianer, fragt der eine den anderen: ‹*Caballero*, wissen Sie, was ein Kannibale ist?› Antwortet der andere: ‹Ja, *Caballero*. Ein Kannibale ist ein *Caballero*, der einen anderen *Caballero* aufißt.›»

Dolores lächelte und sagte:

«Die Chilenen sind die nettesten Menschen, die ich kenne.»

«Der hier sieht nicht sehr nett aus. Eher wie ein krummer Hund», sagte Antonio.

«Ich finde sie sehr nett. Kommen wir auf dieser Fahrt nach Puerto Montt?»

«Nein», sagte der Graue. «Wir laufen direkt Valparaíso an.»

«Schade. Ich hätte dort gerne einen Curantoeintopf gegessen», sagte Antonio.

«Lieber verschlucke ich eine lebende Kröte, bevor ich diese Napfschnecken aus dem Curanto esse.»

In jener Nacht regnete es. Der Graue träumte wieder, daß ihn die Welle packte. Dolores bemerkte es an seinem Stöhnen und weil er im Schlaf um sich trat. Sie machte das Licht an und wartete, daß der Graue aufwachte.

«Du warst auf dem Schiff», sagte sie zu ihm.

Er nickte. Er sah sie einige Augenblicke aufmerksam an, so als wollte er ihr einen Entschluß mitteilen. Aber er sagte nur:

«Ich glaube, ich werde mir eine Mandarine holen.»

Gegen Morgen war es endgültig vorbei mit dem Schlaf, und so stand der Graue erneut auf und wanderte durch das dunkle Haus. Er ging durch die Diele und spürte die Kälte der Fliesen unter den Fußsohlen. Die Möbel in der Diele waren zugedeckt, und überhaupt sah das Haus aus, als sollte es verlassen werden. Vielleicht schärfte dieser Umstand die Sinne des Grauen, der sich nun sehr empfänglich fühlte für alles, was mit dem Haus zu tun hatte.

Am Anfang war es kein gutes Haus gewesen, und es mußte viel daran getan werden. Jede Veränderung, die Dolores plante, führte zu heftigen Diskussionen zwischen ihnen, und wenn etwas schiefging, gaben sie sich gegenseitig die Schuld. Aber als ihre Tochter auf die Welt kam, sagten beide, daß keine zehn Pferde sie von dort wegbrächten.

Eigentlich hatte sich das Haus nicht besonders verändert, und das Beste darin war das Gebälk aus Nußbaum im Eßzimmer, blank wie die Decksbalken eines Schiffes. Der Rest war wie in anderen Häusern auch. Neben den kühlen Zimmern besaß es eine Tür mit Windfang und zwei Balkone zur Straße hin. Das Haus war lang und schmal, und dahinter gab es einen Hühnerstall mit sieben Hühnern und einen Schuppen mit altem Gerümpel, in dem eine Ratte hauste. Wenn Küken schlüpften, wartete Dolores ein paar Stunden und brachte dann eines an das Bett ihrer Tochter.

Es gab auch einen Holzofen. Im Winter saß der Graue oft am Fenster, seine schlafende Tochter gegen die Brust gedrückt, und konnte die Nähe des Feuers in seinem Rücken spüren und die Wärme, die von ihm ausging. Dann dachte er, daß es nichts Gemütlicheres gab als einen Holzofen und eine schlafende Tochter an der Brust.

Das Haus war sehr wichtig in jener Zeit. Es machte ihm nichts mehr aus, an Land zu bleiben, und wenn er am Fenster saß und auf die Bucht hinaussah, dachte er an die gefährlichen Gewässer, die er befahren hatte, und ihn schauderte wie die Tiere, wenn sie zum ersten Mal das Meer sehen. Er fand, daß seine Tochter ihn verändert hatte, und so war es auch.

IV. Der Kapitän

Wenn man Candelaria auf dem Landweg verließ, war man sofort mitten im Gebirge und hatte das Meer schnell vergessen. Man verließ das Dorf auf einem von Pfirsichbäumen gesäumten Weg, der allgemein als der «Pferdeweg» bekannt war. Pferde waren an diesem Weg so gut wie keine anzutreffen, aber es gab Hühner, die das Fallobst aufpickten, und von Zeit zu Zeit sah man ein Haus aus Lehmziegeln mit einem Kind vor der Tür. Alle Häuser waren sorgfältig gefegt und besaßen Blumenbeete, um die herum Philipps-Magnesia-Flaschen kopfüber in die Erde gesteckt waren. Einige Häuser lagen an den Berghängen und besaßen rückwärtig eine Quelle, an der üppiges Farn wucherte. Das Wasser aus den Quellen war eiskalt und verursachte Kopfschmerzen, wenn man es in einem Zug trank. Für gewöhnlich wimmelte es in diesen Häusern von Kindern, und in einem von ihnen war an einem unfreundlichen Morgen der Graue zur Welt gekommen.

Das Haus lag neben einer Schule, deren Schüler in der Pause auf den Weg rannten und schrien wie am Spieß. Die Geschwister des Grauen gingen ebenfalls in diese Schule, und am Tag seiner Geburt erschienen sie tausendmal am Fenster und zeigten ihn den anderen. Obwohl das Zimmer im Halbdunkel lag, konnten alle sehen, wie der Vater, der keine weiteren Kinder wollte, neben der Wiege stand und untröstlich ihren Inhalt betrachtete.

Der Vater starb sechs Monate später an einer unbekannten Seuche, aber die Familie war so vielköpfig, daß sein Fehlen nicht sonderlich bemerkt wurde. Seine erschöpfte Frau war nicht mehr in der Lage, sich um ein Baby zu kümmern, und so war dieses seinen Geschwistern überlassen. Jedenfalls war es kurze Zeit später auch mit der Mutter vorbei. Der Graue bewahrte nicht viele Erinnerungen an jene Zeit, die er dennoch wie durch ein Wunder überlebte. Von damals blieb ihm eine gewisse Scheu vor Wasser, Folge der Rangeleien, die seine Geschwister austrugen, um ihn zu baden, und bei denen alle beinahe ertranken. Aber schon bald war der Reiz des Neuen verflogen, und das Baby setzte eine graue Patina an, die auf seine spätere Hautfarbe hinwies. Nun, da er Ruhe vor seinen Geschwistern hatte, rutschte er vergnügt im Hof herum, probierte die Erde aus den Blumentöpfen und setzte sich gegen die Hühner zur Wehr, so gut er eben konnte. Manchmal kehrten seine Geschwister erfolgreich von einem Streifzug zurück und fütterten ihn mit großen Portionen Mortadella und Africana-Bier. Aber normalerweise quälte ihn abends der Hunger. Gedankenverloren saß er dort zwischen den Hühnern und sah zu, wie es Nacht wurde und ein Vollmond aufging, der die Wolken verschluckte. Die Hühner waren genauso hungrig und fasziniert wie er und taten kein Auge zu, weil auch sie sehnsüchtig auf die Rückkehr der Geschwister warteten. Sie gingen nicht vor Mitternacht schlafen, und für den Grauen war diese nächtliche Unruhe der Hühner immer eine bemerkenswerte Sache.

Viele Jahre später, wenn er, das Gesicht zur Decke

gewandt, in der Schiffskoje lag und rauchte, dachte der Graue immer wieder daran, wie nahe er damals dem Meer und der Küste gewesen war, die am Ende des Weges lag und die ihm zu zeigen sich niemand die Mühe gemacht hatte. Zuweilen erreichten ihn einige Andeutungen, die eine starke Faszination auf ihn ausübten, wie die geheimnisvollen Schreie der Seevögel und die salzigen Windböen, die der Nordost herantrug. Darüber hinaus gab es keinen Anlaß zur Beunruhigung. Der Pferdeweg besaß alles, was man sich mit vier Jahren wünschen konnte. Es gab lauschige Erdmulden, wo man liegen und seinen Gedanken nachhängen konnte. Es gab versteckte Winkel, wo die fetten schwarzen Orpingtons ihre Eier legten und die zu erforschen ein Vergnügen war. Es gab Leute, die auf dem Weg vorbeikamen, und es gab sogar Nachbarn, die nett zu ihm waren. Es gab auch eine alte, aber sehr charismatische Hure, die auf der Suche nach neuen Märkten auf dem Weg patrouillierte und ihm in den Sommernächten Gesellschaft leistete.

Eines Tages lungerte der Graue bei den Magnesiamilchbeeten herum, als er plötzlich in der Ferne eine Spirale entdeckte, die sich dann in eine Staubwolke verwandelte und schließlich in einen offenen Wagen, der von einem lahmen Gaul gezogen wurde. Es war sein Onkel Regento Valdez, der kam, um ihn abzuholen. Als er vom Wagen stieg, forschte der Graue in seinem Gesicht nach einem der perversen Züge, die seine Geschwister ihm nachsagten, aber er sah nur einen Mann, der den Auftrag erledigen wollte, der ihn hergeführt hatte, und dem die Hitze zu schaffen machte. Sein Onkel verscheuchte eine aufdringliche Bremse und beugte sich hinunter, um ihm einen Kuß zu geben.

Der Graue erinnerte sich, daß ihm an jenem Nachmittag, während sie auf den Wagen warteten, der sie wieder abholen sollte, und sich des erbarmungslosen Angriffs der Bremsen erwehrten, ein inneres Gefühl sagte, daß er endlich das andere Ende des Weges kennenlernen würde. Sein Onkel war ein Mann, der zu fast allem etwas zu sagen hatte, doch diesmal spürte er die Faszination seines Neffen, je näher sie der Küste kamen, und beschloß zu schweigen. Der Graue war noch nie so weit von zu Hause weggewesen, und als sie schließlich am Ziel ankamen und einen Blick auf die Bucht warfen, dachte er, daß dies das wichtigste Ereignis in seinem bisherigen Leben war. Das Wetter war trüb, so daß kein Horizont zu sehen war, und auch das Meer bot keinen großartigen Anblick. In der Bucht jedoch ankerten vier majestätische Segelschiffe, die auf der Südamerikaroute unterwegs waren.

Der Schoner *Dolorcitas*, mit dem besten Bleiweiß gestrichen, das damals zu bekommen war, hatte soeben die Leinen losgemacht und näherte sich vorsichtig der Hafenausfahrt. Seine Segel stiegen eins nach dem anderen nach oben, und bevor sie Wind bekamen, war ein lautes Knattern zu hören, das Admiral Villaverde, das Bordmaskottchen, mit Gebell quittierte. Der Hund litt sehr während der Manöver, und viele der Seeleute befürchteten, daß ihn irgendwann ein Herzanfall dahinraffen würde.

Der Schoner glitt wenige Zentimeter am Rammsporn der *Lagarto* vorbei, und die Schaulustigen schworen, daß sie sich streifen würden. Dann hielt er auf die *Patriarch* zu. Die *Dolorcitas* machte ein gewagtes Manöver, und die Gringos auf der *Patriarch* verloren die Nerven. Schließlich konnten sie sich nicht länger beherrschen und bedachten sie mit einer Salve aus dem kleinen Geschütz im Heck. Den Gringos war jeder Vorwand recht, um eine Salve abzufeuern. Manchmal kamen sie sich gegenseitig in die Quere und bedrohten einander mit tutenden Sirenen und sogar Revolverschüssen. Aber an jenem Tag gab es niemanden, der ihnen Paroli bieten konnte. Es waren keine ausländischen Kriegsschiffe da, und keines der Schiffe aus Candelaria besaß eine Sirene oder Geschütze. Die *Facundo*, eine Barkasse der Hafenmeisterei, hatte sich zeitlebens mit einer Kanone auf dem Quarterdeck gebrüstet. Aber an einem neunten Juli hatte man sie abschießen müssen und festgestellt, daß die Munition das falsche Kaliber hatte. Seitdem nutzte die Besatzung der *Facundo* die Kanone gegebenenfalls, um die Weinflaschen zu verstecken, die sie an Bord schmuggelte.

Als der letzte Kanonenschuß der *Patriarch* verhallt war, blickten sich der Graue und sein Onkel in die Augen und merkten, daß sie beide in Schiffe vernarrt waren, eine Erkenntnis, die bald dazu führte, daß sie auch aneinander Gefallen fanden. Sie schlenderten langsam über die Hafenstraße, gingen am Denkmal für die Schiffbrüchigen vorbei und bogen in die Calle Darraguera ein. Die Frau seines Onkels stand in der Tür. Sie war wesentlich jünger als er, aber damals kamen sie sich noch gut miteinander aus. Der Graue wurde von seinem Onkel hochgehoben, und sie herzte ihn liebevoll.

Dann gingen sie hinein, sein Onkel schloß die Tür, und für den Grauen begannen sieben spannende Jahre, in denen er zum wichtigsten Zeugen des Scheiterns der Ehe wurde. Seine Erziehung spielte sich in einem ständigen Sturm von Auseinandersetzungen, Drohungen, Vorwürfen und Revanchen ab.

Während der Ehekrisen machte sich der Graue aus dem Staub, und wenn Waffenstillstand herrschte, pflegte er die Freundschaft mit seinem Onkel. Der arbeitete in der Bank, wußte aber trotzdem über eine Unmenge von Dingen Bescheid. Besonders über solche, die mit dem Meer zu tun hatten. Er wußte zum Beispiel, daß das Rauschen der Brandung vor den Klippen nie aufhörte und daß man sich in Candelaria nur an ein einziges Mal erinnerte, als es ausgesetzt hatte, an einem lange zurückliegenden Morgen, als die Leute von der Stille aus dem Schlaf gerissen wurden, die der Auftakt zu einem Seebeben war, bei dem die halbe Bevölkerung ums Leben kam. Er wußte eine Menge über das schlechte Wetter, die Meeresströmungen und die Geheimnisse der Tiefe. Von all dem erzählte er sehr wortgewandt, und es gab immer Leute, die ihm gerne zuhörten. Mit seinem Neffen fiel ihm das Plaudern leicht, und oft waren die Spaziergänge, die sie nach dem Abendessen unternahmen, zu kurz für seine Vorträge und machten weitere Ausführungen notwendig, während sie vielleicht schon in ihren Betten lagen, und so flogen ihre Bemerkungen von einem Zimmer zum anderen, bis die Tante ihnen zu schweigen befahl.

Eines Sonntagsabends saßen sie zu dritt in der Küche, wo ein Sturm sie festhielt. Der Graue machte seine Hausaufgaben, und sein Onkel, der stockbesoffen war, versuchte wieder einmal, seine Frau mit Sticheleien auf die Palme zu bringen. Aber der Erfolg blieb lange Zeit aus, so daß er sich schließlich an seinen Neffen wandte:

«Es gibt Menschen, die sind schlimmer als Neunaugen», sagte er.

Der Füllhalter des Grauen zeichnete in diesem Augenblick die Nordostküste Südamerikas nach und fuhr mühsam zum Golfo Catalina hinunter. Ihm war klar, daß der Streit über ihn ausgetragen werden würde, und das machte ihn wahnsinnig. Er legte die Karte beiseite, die er gerade abzeichnete, und wischte den Füllhalter ab.

«Ich mache lieber mal das Essen warm», murmelte er.

«Gib dir keine Mühe. Er sucht einen Vorwand, um mir eine zu langen», bemerkte sie ruhig, während sie weiternähte. Sie nahm einen Faden in den Mund und knapste ihn mit den Zähnen ab.

«Neunaugen sind die erbarmungslosesten Lebewesen, die es gibt», sagte sein Onkel. «Schlimmer als Orkas oder Haie. Schlimmer als jeder andere Meeresbewohner.»

«Siehst du», sagte sie resigniert. «Er sucht einen Vorwand.»

«Habe ich dir erzählt, was sie mit den Forellen machen? Sie fressen Löcher in ihren Körper, um das Blut und die Körpersäfte aus ihnen herauszusaugen. Mit ihrer Zunge können sie alles durchbohren.»

«Ich gehe, laß es dir gesagt sein!» schrie sie.

«Ein Neunauge kann sich wochenlang an seiner Beute festbeißen. Es hat etwas in seinem Speichel, damit das Blut nicht gerinnt und sich das Fleisch der Forelle auflöst.»

Der Graue stand auf.

«Ich wärme das Essen auf.»

Bevor er den Herd anzündete, goß er ein wenig Wasser über die Bohnen vom Mittag und rührte sie vorsichtig um. Dann setzte er die Kasserolle aufs Feuer und zog den Tisch aus. An den Sonntagen war normalerweise er für das Abendessen zuständig. Er mochte diese Verantwortung, ebenso wie das Essen mit dem Wein dazu und den Spaziergang, den sie nach dem Essen unternahmen. Nun hoffte er, daß sein Onkel die Sache auf sich beruhen ließ und die Lage sich wieder entspannte.

Das plötzliche Schweigen erleichterte ihn. Aber sein Onkel hatte nicht aufgegeben.

«Das Leben der Neunaugen ist genau erforscht», sagte er.

«Erforscht ...» schnaubte sie abfällig.

«Sie sind sehr gerissen. Sie tun so, als würden sie ihr Opfer nicht bemerken, selbst wenn sie umkommen vor Gier.»

«Wie ich, zum Beispiel», warf seine Tante belustigt ein.

Sein Onkel ließ sich nicht aus der Ruhe bringen.

«Manchmal kommen die Neunaugen einen Fluß hinauf und tauchen in einer Lagune auf.»

Der Graue schüttelte sich. Er schwamm oft in einer Lagune mit trübem Wasser, in der die Badenden zuweilen etwas an ihren Beinen entlangstreichen spürten. Alle dachten, daß es sich um Wasserpflanzen handelte.

«Letztes Jahr ist zum ersten Mal ein Neunauge hier aufgetaucht», bemerkte sein Onkel.

In der Lagune? Natürlich nicht: sein Onkel meinte *sie*. Aber der Graue wurde zunehmend unruhig, bis ihn das plötzliche Brutzeln der Bohnen aus seiner Erstarrung riß.

Sein Onkel ging völlig auf im Leben der Neunaugen. Er hätte die ganze Nacht so weitererzählt, aber sie sprang auf und schlug ihm die Schlafzimmertür vor der Nase zu. Das erboste seinen Onkel, der eine sehr gute Bemerkung parat gehabt hatte. Er nahm ein Brot vom Tisch und warf es gegen die Tür.

«Du Hure!» tobte er.

So saß sie also nicht mit am Tisch. Während des Essens stocherte sein Onkel gequält in den Bohnen herum. Das Finale war gekommen, als sie aus dem Zimmer stürzte und mit einem Koffer in der Hand das Haus verließ. Sein Onkel würdigte sie keines Blickes. «Sind noch ein paar Bohnen da?» fragte er, bevor er sie verschwinden sah. Aber es war offensichtlich, daß ihm der Appetit vergangen war.

An diesem Abend gingen sie nicht spazieren. Sie kam auch nicht zurück.

Der Graue fand nie heraus, ob seine Tante wirklich eine Hure gewesen war. Er hoffte, daß sein Onkel übertrieben hatte, denn sie war immer gut zu ihm gewesen. Sie bot sich an, ihm die Hosen zu bügeln, und wenn sie alleine waren, plauderten sie und amüsierten sich prächtig. Sie war sanft wie eine Chilenin, und der Graue mochte sie in jeder Hinsicht. Es tat ihm leid, als sie ging, auch wenn er dachte, daß es schrecklich sein mußte, eine Hure geheiratet zu haben.

«Sie ist eine gute Person», gestand sein Onkel zwei Abende später ein.

Er füllte sein Glas ein weiteres Mal bis zum Rand. Draußen fiel ein deprimierender Nieselregen. Sie saßen seit sieben Uhr da, sie hatten gegessen, und nun wußten sie nichts mehr mit sich anzufangen.

«Du wirst dich betrinken, Onkel», sagte der Graue.

«Man sollte immer wissen, wie weit man gehen kann. Es gibt keinen Grund, sich ins Verderben zu stürzen. Habe ich dir erzählt, was der Prinz von Hohenlohe über Kavallerieangriffe gesagt hat? Von zwölf Attacken führen elf nicht zum Zusammenstoß. Eine der beiden Einheiten dreht immer vorher ab.»

Der Graue vergaß für den Augenblick seine Tante und interessierte sich lebhaft für diesen Standpunkt. Sie diskutierten über die Sache. Sie räumten den Tisch ab und schwadronierten bis spät in die Nacht.

Aber bald begannen ihnen diese Themen auszugehen. Sein Onkel bemerkte es und bemühte sich, das frühere Niveau ihrer Unterhaltungen wiederherzustellen. Bis er es eines Abends nicht mehr aushielt und der Graue sah, wie seine Hand auf dem Tisch zitterte und das Tischtuch zusammenknüllte. Sein Onkel wurde merkwürdig blaß und schlug schließlich die Hände vors Gesicht.

«Ich bin so verdammt traurig», schluchzte er.

Der Graue war bestürzt über seine Tränen und fand in dieser Nacht kaum Schlaf. Er träumte, daß seine Tante mit dem Koffer davonging und das Morgenlicht durch die halbgeöffnete Küchentür fiel.

Eine Nachbarin meinte später, daß man seine Tante

für ein Viertel dessen, was sie angestellt hatte, mit Benzin übergießen und ihr ein Streichholz «ans Gefieder» halten solle. Für die Kinder dieser Frau bestand kein Zweifel daran, wo sich das Gefieder befand, wie ihr freches Gelächter bewies. Dolores war offensichtlich die Durchtriebenste von allen. Wie jeden Samstag war der Graue zum Mittagessen bei ihnen eingeladen, und die Frau, die das gesagt hatte, war die Mutter von Dolores.

Sie verbrachten die Siesta im Patio, während die übrigen schliefen. Dolores' Geschwister warfen mit Steinen nach einem alten Hahn, während sie Domino spielten. Wenn sie sich auf das Spiel konzentrierte, verlor das Gesicht von Dolores seine Wildheit, und für Momente sah sie wunderschön aus. Aber der Graue traute dem Frieden nicht und dachte an die Male zurück, als sie ihn gedemütigt hatte. Sie wohnten Tür an Tür, und eines Tages hatte sie ihn dabei ertappt, wie er hinter dem Holzschuppen sein Geschäft verrichtete. Dolores tat nichts, um sich zu verbergen, sondern lehnte sich an die Wand, um das Schauspiel zu genießen. Während er sein Geschäft beendete, dachte der Graue, daß er wohl kaum wieder jemanden so hassen würde wie Dolores.

Als er nach Hause kam, war es Nacht, und da er keine Lust hatte, mit seinem Onkel zusammenzutreffen, wollte er sich leise ins Bett schleichen. Aber auf dem Weg dorthin warf er etwas um, und während er die Scherben aufsammelte, öffnete sich die Schlafzimmertür, und die beiden erschienen Arm in Arm, sie ziemlich in Mitleidenschaft gezogen von Regentos Ohrfeigen, aber sichtlich glücklich.

Sie begannen sich bald wieder zu streiten, und der Graue dachte, daß sie für immer gehen würde. Dann versöhnten sie sich wieder, und nachts hörte man, wie sie sich liebten. Der Graue stand auf und versuchte, in der Dunkelheit etwas zu erspähen. Später ging er wieder ins Bett und dachte an jeden einzelnen Streit und an die Dinge, die er sie zueinander sagen gehört hatte. Einmal nachts ging seine Tante ins Bad, und dem Grauen fiel der Traum wieder ein, in dem sie mit dem Koffer davonging und das Morgenlicht durch die Küchentür fiel.

V. Die Abfahrt

Auf dem Schiff gab es einen Mann, der Antonio Escudero wirklich mochte und nötigenfalls etwas für ihn getan hätte. Sein Name war Febriciano. Aus einer Prügelei auf einem Schiff, das Huren schmuggelte, hatte er eine verstümmelte Hand davongetragen, und Antonio empfand eine Mischung aus Mitleid und Beruhigung, wenn er sah, wie diese Hand das Ruder gepackt hielt und den Schoner sicher durch die blutrünstigen Wellen lenkte, die unentwegt über ihnen zusammenzuschlagen drohten. Bei diesen Gelegenheiten wechselten sie kein Wort, weil der Wind das Sprechen unmöglich machte und einem die Gischt ins Gesicht peitschte.

Andere Male aber hatten sie mehr Glück und verbrachten eine ruhige Wache zusammen, vor ihnen lag eine ganze Nacht und vieles, worüber sie sprechen konnten. Als das Schiff aus Candelaria auslief, teilten sie die Nachtwache mit dem Chilenen aus Ancud. Zuerst einmal trank der Chilene auf die Reise, wozu er eine Flasche hervorholte, der er zwei Tröpfchen Zitrone zusetzte.

«Gegen den Skorbut», sagte er, während er sie Febriciano reichte.

«Sehr gut», sagte der. «Ich hoffe, der ist nicht mit Scheiße gegoren.»

«Nein, Señor. Das ist ein ganz feiner Chicha.»

«Die Mexikaner gären den Mezqual mit Menschenscheiße. Danach furzen sie, daß es einem das Wasser in die Augen treibt.»

Febriciano war in Veracruz gewesen und erwähnte es bei jeder Gelegenheit.

«Den haben sie mir von zu Hause geschickt», sagte der Chilene. «Wenn ich wieder hinkomme, bringe ich euch welchen mit.»

«Wenn der da nach Hause kommt, wird er sich Hals über Kopf in die Puffs in der Calle Manuel Montt stürzen», behauptete Antonio.

«Stinken die chilenischen Puffs auch nach Fisch?» fragte Febriciano.

«Die Puffs bei uns sind sagenhaft, Señor», sagte der Chilene.

«Man darf nur keine Luft holen beim Vögeln», bemerkte Antonio.

«Sagt ihr vögeln?» fragte Febriciano den Chilenen.

«Die da drüben sagen ‹einen wegstecken›», belehrte ihn Antonio.

«Also, wir sagen's wie alle anderen auch», stellte der Chilene klar.

«Aber ihr habt mehr Varianten als wir.»

«Ihr habt mehr unanständige Wörter.»

«Ein Onkel von mir sagte ‹die Möse wärmen›.»

«‹Eine Bohrung machen›», ergänzte Antonio.

«Das auch», sagte der Chilene.

«Und wie nennt ihr die Schwulen?»

«Die Schwulen heißen bei uns warme Trinen.»

«Ideen habt ihr ja, das muß man schon sagen.»

«In Veracruz sagt man, das ist einer, der gern den Atem im Nacken spürt», steuerte Febriciano bei.

Febriciano warf nur selten einen Blick auf den Kompaß, um den Kurs zu halten, und hatte nur ein Auge auf die Segel. Das Schiff hielt genau nach Süd, und er war froh, an Bord in netter Gesellschaft zu sein. Er brauchte sich kaum um das Ruder zu kümmern, denn bei diesem Schiff ließ man besser Zurückhaltung walten, damit es ungehindert seine Fähigkeiten entfalten konnte und das Maximum aus sich herausholte. Aus dem Geräusch des Wassers unter dem Kiel schloß er, wieviel Fahrt sie machten, so daß er nichts anderes zu tun hatte, als ein wenig die Segel im Auge zu behalten und ab und zu einen Blick auf den Kompaß zu werfen.

Um Punkt zwölf läutete er die Glocke. Der Graue hatte angeordnet, daß die Glocke die ganze Nacht über geschlagen werden sollte. So wußten die Leute, daß jemand wachte. Die Männer im Vorschiff hörten leise die Schläge und schliefen danach noch fester. Aber dies war die erste Nacht auf See, und deshalb schlief niemand. Man mußte sich erst an das gleichmäßige Knarren gewöhnen.

«Bis mein alter Pott seine Planken gedehnt hat», dachte der Graue in seiner Kajüte. Er saß im Dunkeln vor dem Navigationstisch und freute sich ebenfalls darüber, an Bord des Schiffes zu sein, das dank des sauberen, eingefetteten Rumpfes so gute Fahrt machte wie noch nie.

Seine Frau schlief. Sie konnte selbst bei schlechtem Wetter schlafen, und der Graue beneidete sie um diese Fähigkeit. Auf dem Bettkasten neben ihr leuchteten die Augen der Nixenfigur, in denen sich der nächtliche Widerschein des Meeres spiegelte. Es war seltsam, daß sie dort stand, denn Dolores fand sie abstoßend und schob sie normalerweise unter die Koje, bevor sie schlafen ging. Der Graue hingegen fand sie eher niedlich und hatte sie immer bei sich. Sie hatte keinerlei Ähnlichkeit mit einer traditionellen Nixe, vor allem wegen des Affenkörpers, der so täuschend echt mit dem Fischschwanz verbunden war, daß die Nahtstellen nicht zu erkennen waren. Einige aus der Besatzung hegten keinen Zweifel daran, daß sie echt war. Aber der Graue wußte, daß man sie in jedem Trödelladen von Rio kaufen konnte. Das Äffchen seiner Meerjungfrau war sehr gut präpariert und hatte die Arme ausgestreckt wie ein spielendes Kind.

Der Graue hörte die Geräusche von Deck. Er dachte eine Zeitlang an seine Männer und an die Schwierigkeiten, die ihnen allen bevorstanden. Er dachte an das Wetter, das am Kap herrschen würde. Er dachte auch an die Route, die er nehmen wollte, um es zu passieren, und merkte, daß er eine entscheidende Frage noch nicht geklärt hatte. An diesem Punkt seiner Überlegungen angekommen, packte ihn immer die Unruhe, und es trieb ihn zur Karte. Zum zweiten Mal in dieser Nacht entzündete er die Lampe, schirmte sie mit einem Journal ab, um Dolores nicht zu stören, und machte sich daran, die Route zu überprüfen.

Die Frage war, wieviel Wasser er zwischen sich und dem Kap lassen sollte. Entschied er sich für die kürzere Route, liefen sie Gefahr, an ebenjener Klippe zu zerschellen, die zwischen beiden Ozeanen lag und die sie umrunden wollten. Die andere Alternative war, etwa hundert Meilen in die Drakestraße hinauszufahren und dann Kurs auf den Pazifik zu nehmen. Das bedeutete, sich in Gewässer zu begeben, in denen es Eisberge von der Größe Belgiens gab, die unter nicht enden wollendem Getöse auseinanderbrachen. Der Graue hatte noch nie einen Eisberg gesehen. Er wußte, daß einer im Atlantik trieb, in dem ein Schiff eingeschlossen war, und daß man noch die Matrosen auf den Masten sehen konnte. Alle fragten sich, wie das Schiff in den Eisberg gelangt sein mochte, obwohl der Graue diesbezüglich eine Theorie hatte.

Er kam zu dem Schluß, daß letztendlich das rauhe Wetter ihren Kurs bestimmen würde. Aber damit waren seine Bedenken nicht aus der Welt geschafft. Er fragte sich, ob er zuviel darüber gelesen hatte. Vielleicht rührten seine Ängste von zuviel Information her. Vielleicht sollte man nicht *zu viel* wissen, sagte er sich. Er vermutete, daß auf jedes Jahr eines Kapitäns auf See ein weiteres halbes Dutzend kam, das er damit verbrachte, seine Schauerberichte zu verfassen. Die Ausnahme machte ein Engländer, der über diese ganze Literatur lachte und ein erfreulicheres Bild der südlichen Gewässer zeichnete. Der Graue hatte dieses Buch stets zur Hand und las immer wieder darin, um sich zu beruhigen.

Mit Antonio hatte er oft über den Tag gesprochen, an dem sie das Kap umrunden würden. Antonio glaubte, daß sie eine Überraschung erleben und einen sonnigen Morgen erwischen würden und daß die ganze Sache nicht gefährlicher sein würde als eine Kreuzfahrt nach San José. Aber der Graue kannte niemanden, der im Januar gutes Wetter gehabt hätte. «Warum segeln wir dann im Sommer?» hatte Dolores ihn gefragt. «Weil wir im Winter schon zu alt sein werden», hatte er geantwortet. Die Wahrheit war, daß die Zahlungen für das

Schiff nicht bis Juni warten konnte. Wie auch immer, niemand konnte garantieren, daß die Umseglung im Winter ruhiger verlaufen würde. Der Graue hatte auch daran gedacht, ob seine Unschlüssigkeit bezüglich der Fahrtroute mit seinem Wunsch zusammenhing, das Kap aus der Nähe zu sehen. Bislang deutete alles darauf hin, daß er das Vergnügen nicht haben würde: wahrscheinlich würden sie bis auf 60 Grad südlicher Breite abfallen, immer vorausgesetzt, daß keine Eisberge auftauchten. Dort hatte man nach allgemeiner Auffassung den Sturm hinter sich und konnte nach Nordwest wenden. In Wirklichkeit handelte es sich nicht um einen einzelnen Sturm, sondern um viele, wahre Flotten von Stürmen, die einander jagten und denen niemand entkommen konnte, bis der Pazifik erreicht war.

Draußen ging alles seinen Gang. Der Mond war aufgegangen, und das Kreuz des Südens zeigte drei Uhr nachts an. Febriciano überlegte, daß es noch eine halbe Stunde bis zum Ende seiner Wache war. Antonio und der Chilene schliefen unter einer gemeinsamen Decke zu seinen Füßen. Nachdem Febriciano lange gegen den Schlaf angekämpft hatte, fiel seine Wahl auf den Chilenen, und er schüttelte ihn.

«Ich komme um vor Müdigkeit, Chilene. Laß uns noch ein bißchen reden.»

Der Chilene schlug ohne eine Spur von Verstimmung die Augen auf und fragte nach der Uhrzeit. Er fragte immer nach der Uhrzeit, wenn er aufwachte. Febriciano tat es leid, ihn geweckt zu haben. Der Chilene starrte auf die Irrlichter, die über die Reling huschten, und es sah so aus, als würde er wieder einschlafen.

«Laufen wir morgen San José an?» fragte er.

«Klar. Dort nehmen wir die Ladung auf.»

«Ich hab 'ne Braut in der Calle Chacabuco. Ich würd sie gerne sehen.»

«Vorsicht mit den Bräuten.»

«Scheint so, als würde sie mich sehr lieben. Da bekommt man Lust zu heiraten.»

«Mach keinen Scheiß, Mann. Bleib mal schön auf dem Schiff.»

Der Chilene schwieg einen Moment und fragte dann:

«Was hältst du von der Tour?»

«Nichts. Was soll ich davon halten?»

Wieder entstand eine Pause, der Chilene stieß einen verdächtigen Seufzer aus, und Febriciano packte die Neugier. Er wandte den Blick vom Kompaß und sah den Chilenen mißtrauisch an.

«Was hat man dir erzählt?»

«Ach, nichts.»

«Wie, nichts?»

Der Chilene lugte unter der Decke hervor wie eine Schmetterlingspuppe aus ihrem Kokon.

«Die Leute sagen, daß wir den Wellen am Kap nicht standhalten werden. Daß die Splissungen aufplatzen werden, daß das Schiff untergeht . . .»

«Die Leute spinnen. Ich kenne es bis zum letzten Zapfen und weiß, wovon ich spreche.»

«Man weiß nicht einmal, wann es gebaut wurde.»

«Das hat bei gut gewarteten Schiffen nichts zu besagen. Es ist jedesmal überholt worden, wenn's nötig war. Ich kenne neue Schiffe, bei denen haben sich die Planken geöffnet, und sie sind gesunken.»

«Ist gut», seufzte der Chilene.

Febriciano musterte ihn kühl.

«Tratsch das nicht weiter herum. Du machst den Leuten angst.»

Der Chilene fühlte sich angegriffen. Seiner Meinung nach hatte er dieses heikle Thema aus gutem Grund angeschnitten.

«Soweit ich weiß, seid ihr noch nicht dort gewesen», sagte er trocken. «Der Alte noch nie.»

«Das ist auch nicht nötig. Er kann überall segeln.»

«Mag sein. Aber das hier ist keine Fahrt nach San José.»

«Das Meer ist überall gleich.»

«Das stimmt nicht.»

Febriciano wußte, daß es nicht stimmte, und so hielt er den Mund und widmete sich dem Kurs. Der Chilene hatte ihm die Nacht versaut, und es fiel ihm schwer, sich auf das Ruder zu konzentrieren. Er bemerkte, daß Antonio wach war, und fragte sich, ob er das Gespräch mitangehört hatte. Antonio sagte keinen Ton und beschränkte sich darauf, unter seiner Decke hervor in die Dunkelheit zu starren.

Um diese Uhrzeit schliefen die Männer im Vorschiff im Widerschein des Meeresleuchtens und der nächtlichen Helligkeit, die auf See herrscht. Das Licht fiel durch die Scheiben der Luken und bescherte einigen einen unruhigen Schlaf. Das Vordeck war für eine normale Besatzung ausgelegt, so daß nun Platz im Überfluß war. Dennoch war der Fußboden mit den Seesäcken und Schuhen der Mannschaft übersät. An den Schotten hing schmutzige Kleidung, außerdem gab es zwei Waschschüsseln und einen Spiegel, in dem man sein Gesicht nicht sehen konnte. Noch gab es keine undichten Stellen, aber alle wußten, daß sie unweigerlich auftreten würden, und dachten an das, was ihnen noch bevorstand.

Die Helligkeit hinter den Luken weckte schließlich den Dicken auf, der in der festen Überzeugung die Augen aufschlug, daß ihn gleich eine Wanze attackieren würde. Die Biester hatten eine Vorliebe für ihn, und er war derjenige an Bord, der am meisten unter ihnen zu leiden hatte. Er blieb reglos liegen, um die Wanze anzulocken, und nach einer Weile spürte er ein schmerzhaftes Zwicken im Bein. Er überlegte, ob es die Decke war. Das Brennen breitete sich über den ganzen Oberschenkel aus, und er biß sich auf die Lippen. Schließlich hielt er es nicht länger aus und sprang aus dem Bett. Mit einem Ruck zog er die Decke weg. Er zündete ein Streichholz nach dem anderen an, während er ohne große Hoffnung das Bett durchsuchte. Er bekam die Wanzen nur selten zu Gesicht. Wenn er Glück hatte, sah er ein schwarzes Pünktchen, das verzweifelt in die Ritzen der Matratze flüchtete. Einmal war es ihm gelungen, eine mit dem Schuh zu erwischen, und am nächsten Tag hatte er zum Beweis das blutbefleckte Laken herumgezeigt.

Das Herumhantieren des Dicken weckte Pepe Arriagada.

«Kämpfst du mit einer Wanze?» fragte er ihn.

Der Dicke gab keine Antwort.

Mißtrauisch schaute er unter der Matratze nach. Er hatte sein Bett in eine Festung verwandelt. Jeder Bettpfosten stand in einem Einmachglas mit Wasser, und er hätte schwören können, daß sie dort nicht hochkamen.

Außerdem stand es in gebührendem Abstand zur Wand. Er hatte dieses Bett wegen seiner Probleme mit den Wanzen bekommen, und so war er der einzige aus der Mannschaft, der nicht in einer Koje schlief. Das Bett hatte ein Geländer und sah aus wie eine Wiege.

«Deine Wanzen sind mittlerweile richtig gute Schwimmer», bemerkte Pepe.

«Morgen fülle ich Kerosin in die Gläser ...»

«Weshalb bloß wimmelt es so von Wanzen?»

«Weil wir die Kakerlaken umgebracht haben.»

«Ja, Mann. Man sollte sich nicht mit den Kakerlaken anlegen. Kakerlaken sind lästig, aber sie beißen nicht. Im Gegenteil, sie fressen die Wanzen.»

«Wie kommen die bloß hier rauf, Pepe?»

«Ich weiß, wie sie's machen. Sie kriechen an die Decke, und wenn sie über dem Bett sind, zielen sie und lassen sich fallen.»

Die Theorie überraschte den Dicken, der an diese Möglichkeit nicht gedacht hatte.

«Und woher wissen sie, daß ich da unten liege?» murmelte er.

«Sie riechen dein Blut», behauptete Pepe. «Die Wanzen können einen Christenmenschen auf vier Kilometer riechen. Dann heulen sie, als würden sie getreten.»

«Ach, hör auf ...» sagte der Dicke.

«Sie heulen. Ein Glück, daß wir sie nicht hören können. Wenn man eine hungrige Wanze hören könnte, würde's einem sofort im Herzen weh tun.»

Der Dicke dachte angestrengt nach. Er mochte nicht glauben, daß die Wanzen zu solchen Dingen fähig sein sollten. Aber er war sich nicht sicher.

«Ich werd auf jeden Fall Kerosin reinschütten», murmelte er.

Sie segelten einem ungewissen Horizont entgegen, der sich gegen Abend verschleierte und bei Nacht bereits in dichtem Nebel lag. Die Lichter an der Küste verschwanden vollständig, aber der Graue nahm keine Kursänderung vor. «Wir hätten bis morgen früh auf offener See bleiben sollen», dachte Antonio. Es gefiel ihm nicht, bei Nacht einen Hafen anzulaufen.

So hielten sie also in der Dunkelheit auf den Hafen zu. Es war vielleicht zwei Uhr in der Frühe. Der Graue ordnete an, daß im Abstand von einer Minute das Nebelhorn betätigt werden sollte, auch wenn alle wußten, daß dies nichts garantierte. Der Nebel trieb sein Spiel mit den Geräuschen und trug sie manchmal aus der entgegengesetzten Richtung heran. Für Momente hörten alle laute Stimmen und dann ein Passagierschiff, das sich näherte. Der Graue behauptete, daß an der Küste ein Fest stattfinde, und die Zeit gab ihm recht. Er verlangte eine Laterne und die Karte von San José. Er breitete sie auf dem Deck aus, und da sie sich zusammenrollte, stellten sich seine Männer auf die Ecken. Eine Weile zeichnete er Routen nach und berechnete mit Lineal und Zirkel Entfernungen. Die Laterne warf ihr Licht nach oben und enthüllte die Nebelfetzen, die sich von den Masten hinabsenkten.

Wegen des dichten Nebels lagen seine Nerven blank, und nun wollte er um jeden Preis Land anlaufen. Er wußte, daß er Kurs auf Ost nehmen mußte, um ein Riff zu umschiffen, von dem es hieß, seine Spitzen seien so scharf wie Muschelschalen. Während die Minuten verstrichen, fragte er sich allerdings, ob sie weit genug abgefallen waren und die unberechenbaren Strömungen der Gegend sie nicht auf die Gefahr zutrieben. Er überlegte, ob sein Plan richtig war. Immerhin waren die Messungen mit dem Senkblei nach wie vor zufriedenstellend.

Antonio schlug vor, einen Anker im Bug auszuwerfen, der sie aufhielt, wenn sie in seichtere Gewässer gerieten, bevor der Kiel auf Grund lief. Der Graue wußte, daß es bis unmittelbar an den Rand des Riffs zu tief für den Anker war, und so verwarf er den Vorschlag. Damit die Konzentration des Steuermanns nicht nachließ, wechselte er ihn alle zehn Minuten aus. Die Männer hielten sich an seinen Befehl, Schweigen zu bewahren. Nur die Angaben der Männer am Lot und der dumpfe Ton des Nebelhorns waren zuweilen zu hören. Das Fest an der Küste war verklungen, und kein Schiff war in der Nähe unterwegs. Das war keine Ermutigung und trug nur dazu bei, sie zu quälen. Anscheinend teilte niemand mit ihnen die Gefahren dieser Nacht.

Gegen elf stießen sie mit etwas zusammen, und unmittelbar darauf hörten sie einen Mann rufen und das Geräusch eines Segels, das im Wind schlug. Sie liefen mit der Laterne zum Bug und sahen ein Fischerboot, das in der Dunkelheit davontrieb. An Bord befand sich ein Mann, der sie erschreckt anstarrte. Außerdem schien er sich sehr zu schämen und erging sich in langen Erklärungen. Es war offensichtlich, daß er eingeschlafen war. Es gelang ihnen, ihm ein Seil zuzuwerfen, und binnen kurzer Zeit hatten sie ihn an Bord gebracht.

«Ich bin eingeschlafen!» erklärte er nun beinahe vergnügt, als er das Deck betrat.

«Wo sind die Felsen?» fragte ihn der Graue.

«Da drüben», antwortete der Mann aus dem Boot und wies in die Dunkelheit hinaus. Dieser Kerl ist eben erst aufgewacht, und jetzt zeigt er mir das Riff, dachte der Graue. Der Mann aus dem Boot erriet seine Gedanken.

«Sie sind dort, Señor, ich schwöre es», murmelte er.

Er sah sich um.

«Ist das hier die *Cristo Viejo*?» fragte er.

«Sie war es. Können Sie uns in den Hafen lotsen?»

«Klar doch.»

Ein armer Schlucker, das sah man. Er beugte sich über die Reling, um sein Hab und Gut im Auge zu behalten. Das Boot folgte ruhig im Schlepptau. Dann stellte er sich in die Nähe des Steuermanns, vielleicht in der Hoffnung, seinen Platz einzunehmen.

«Ich heiße Nicolás», sagte er.

Seine Verkündigung blieb unerwidert. Der Graue musterte ihn mißtrauisch, während er sich fragte, ob er in der Lage sein würde, sie in den Hafen zu bringen.

«Können Sie ein Ruder bedienen?» entschloß er sich, ihn zu fragen.

«Nein, Señor. Ich werde Ihnen von hier aus Anweisungen geben, mehr nicht.»

Das schien allen die bessere Lösung zu sein. Nun übernahm Febriciano das Ruder. Skeptisch wartete er auf Nicolás' Anweisungen.

«Und?» fragte er ihn nach einer Weile.

Nicolás lachte sich kaputt. Es brauchte nicht viel, um ihn zum Lachen zu bringen.

«Noch nichts. In 'ner Weile sag ich Bescheid. Vielleicht könnten wir jetzt schon ein bißchen beidrehen. Ich glaube schon. Nach backbord. Mehr, mehr! Sie haben gezögert. Sie dürfen nicht zögern.»

Febriciano wandte sich an den Grauen.

«Hören Sie», sagte er.

«Er hat gezögert.»

«Nach backbord», ordnete der Graue an.

Jetzt stellte sich Nicolás auf die Zehenspitzen und sah zum Bug hinüber. Es wehte kein Lüftchen, und das Schiff trieb auf einer starken Strömung dahin, die es in den Hafen bringen oder gegen das Riff schmettern konnte. Bei guter Sicht war es keine schwierige Hafeneinfahrt. Tagsüber kreuzte draußen immer eine Stinkbarke, um die Segelschiffe ins Schlepptau zu nehmen, die in einer Flaute festsaßen. Diese Boote hießen Stinkbarken wegen der Wolken verbrannten Dieselöls, die ihre alten Rochester-Motoren ausstießen. Diese hier allerdings nannte sich *Allmacht Gottes*. Sämtliche Schiffe in diesem Hafen trugen hochtrabende Namen. Einige Reeder brachten den Namen in großen Lettern am Spiegel des Bootes an, oder sie pinselten ihn quer über die ganze Bordwand. Die unscheinbarsten Boote hatten die protzigsten Namen von allen.

Niemand nahm Nicolás ernst. Er kannte die Gegend, und normalerweise genügte das. Aber sie vergaßen auch nicht, daß er sich von ihnen hatte rammen lassen.

«Ein bißchen nach backbord», rief er.

«Sind Sie sicher, Nicolás?»

«Sicher, Señor. Wenn es klarer wäre, würden wir schon den Leuchtturm sehen. Jetzt nach steuerbord.»

Dann sagte er:

«Hören Sie?»

Alle hörten das Grollen der Brandung.

«Wir fahren dreihundert Meter dran vorbei. Wir liegen gut, sag ich.»

Das Riff konnte seitlich von ihnen liegen, wie Nicolás behauptete, oder direkt auf dem Kurs des Schiffes. Es war unmöglich, das zu wissen. Aber sie mußten ihm vertrauen. Nach einer Weile wurde das Grollen der Brecher auf den Felsen leiser.

Jemand brachte Nicolás einen Teller mit Eintopf. Dieser lehnte ihn ab und verschränkte die Hände auf dem Rücken.

«Vielen Dank, Señor.»

Antonio blieb beharrlich, und Nicolás nahm den Teller und stellte ihn auf dem Deck ab. Er würde ihn essen, wenn niemand zusah.

Die Leute auf dem Vordeck machten sich bereit zum Anlanden. Nicolás schätzte, daß sie in einer halben Stunde Anker werfen würden.

«Haben Sie nicht einen kleinen Anker übrig?» fragte er.

«Da haben wir's. Ein Schnorrer», bemerkte Febriciano.

«Ich habe keinen Anker. Wenn ich ankern will, springe ich ins Wasser und mache das Boot an einem Felsen unter Wasser fest.»

«Was meint ihr?» fragte der Graue.

«Auf den Schiffen ist immer was übrig. Einen kleinen Bootsanker könnte ich gut gebrauchen.»

«Aber klar doch!» rief Febriciano. «Antonio, bitte hol dem Herrn einen Anker. Und pack ihn ein.»

Nicolás beugte sich über die Karte.

«Was sind das für kleine Bildchen?» fragte er.

«Gesunkene Schiffe», sagte der Graue.

«Wirklich? Ich wußte nicht, daß hier so viele Schiffe auf Grund liegen. Und die Zahlen, was bedeuten die?»

«Die Tiefen.»

Nicolás studierte einen Moment die Karte und entdeckte gleich einen Fehler. Seiner Ansicht nach war dort eine Markierung zuviel.

«Das hier stimmt nicht», sagte er. «An dieser Stelle ist nichts. Ich fische da.»

Der Graue untersuchte die Karte, kratzte mit dem Fingernagel darüber und stellte fest:

«Das ist ein Fliegenschiß.»

«Ein Licht!» rief Antonio vom Bug herüber.

«Wo?» fragte Nicolás.

«Guter Freund, du siehst weniger als ein Hund hinten», brummte Febriciano. Aber auch er hatte es nicht gesehen, und nach einer Weile war offensichtlich, daß die Sicht weiterhin schlecht blieb und keine Lichter auftauchten.

Nun näherten sie sich Nicolás zufolge der Küste. Kaum hatte er es gesagt, als sie eine Sirene aufheulen hörten. Der Graue erbleichte. Der Dicke war wie erstarrt und unfähig, das Nebelhorn zu betätigen.

«Das Horn!» brüllte der Graue.

Der Dicke gab verzweifelt zehn Sekunden lang Signal. Die Männer spähten in die Dunkelheit. Man hörte das Dröhnen einer Schiffsschraube, und einige machten Anstalten, ins Wasser zu springen. Der Graue bereute bitter seine Entscheidung, den Hafen anzusteuern.

Nicolás blickte mißtrauisch umher. Er fand, daß die Sirene zu nah geklungen hatte. Er war einmal auf einem Schiff gefahren, wo ein Matrose, der dem Kapitän übelwollte, sie eine ganze Nebelnacht lang damit verrückt gemacht hatte, daß er im Bug einen Feuermelder betätigte, der wie die Sirene eines Ozeandampfers klang.

Jetzt allerdings kam er zu dem Schluß, daß dies hier ein richtiges Nebelhorn war. Er ging zum Heck und lauschte aufmerksam.

«Ich glaube, es kreuzt unser Kielwasser», murmelte er. «In einer halben Meile Entfernung, mindestens.»

Sie schöpften wieder Mut, und alle warteten angespannt, während sie vor ihrem inneren Auge ein Schiff sahen, das in der Dunkelheit verschwand, nachdem es ihr Kielwasser gekreuzt hatte. Sie segelten schweigend weiter. Der Graue seufzte.

«Sehr gut, Nicolás», sagte er.

«Riechen Sie schon das Land?» fragte der. «Wir halten auf Punta Bárbara zu.»

Der Graue witterte einen Moment und konnte kein Land ausmachen, aber er war bereit zuzugeben, daß sie sich vor dieser Landspitze befanden. Normalerweise ärgerte ihn die Wichtigtuerei der Lotsen. Es gab Lotsen, die begutachteten die Färbung des Wassers und rochen am Senkblei, um die Position zu bestimmen. Dabei taten sie furchtbar wichtig. Einem Lotsen, den er kannte, hatten sie das Senkblei mit der Scheiße des Bootsmanns eingeschmiert. Der Lotse war zutiefst beleidigt gewesen, und von da an mußte die Besatzung dieses Schiffes alleine den Weg in den Hafen finden.

Der Graue gab Befehl, die Segel zu reffen. Das Schiff trieb mit blanken Masten weiter.

«Nach backbord», sagte Nicolás.

Jetzt blinkte ein Licht auf.

«Ich glaube, wir sind da», sagte er.

«Vorsicht da vorne!» rief der Graue.

Sie waren bereits in der Bucht. Sie hörten deutlich das Klatschen von Rudern.

«Guten Abend!» grüßte jemand.

«Guten Abend, guten Abend ...»

Der Nebel lichtete sich rasch, und man konnte die Umrisse vor Anker liegender Schiffe erkennen.

«Werfen Sie den Anker», sagte Nicolás.

«Anker werfen!» brüllte der Graue.

«Anker geworfen!» rief Antonio im Bug.

Der Anker fiel ins Wasser. Sie hatten zuviel Drift, und so trieben sie über die Ankerkette hinweg, weil das Schiff nicht zum Halten kam. Alle merkten, daß sie vor schleppendem Anker trieben. Aber es war ein guter Anker, und niemand machte sich Sorgen. Schließlich fand der Anker Halt, das Schiff kam zum Stillstand und begann dann zurückzutreiben. Nach einigen Minuten war es mustergültig festgemacht.

Der Chilene klopfte Nicolás auf die Schulter.

«Hut ab, Nicolás», sagte er zu ihm.

Antonio setzte sich auf eine Kabelrolle, die im Bug lag. Die Nacht war gänzlich aufgeklart und trug das muntere Lärmen aus San José heran. Samstag, dachte Antonio. Aber er hatte keine Lust, an Land zu gehen.

Statt dessen schlief er ein und wurde gegen Mitternacht wieder wach. Er stellte fest, daß der Mond schon verschwunden war und auch keine Musik mehr von der Küste herüberwehte.

Cholo kam zu ihm getrottet. Er war ein mißtrauischer Hund. Zuerst beobachtete er Antonio gleichgültig, um abzuschätzen, wie der Empfang ausfallen würde. Antonio lockte ihn behutsam an. Cholo war sofort begeistert und begann zu spielen.

Der Schlaf hatte Antonio beruhigt, und er fühlte sich sehr gut. Von dort, wo er saß, konnte er den Grauen über seinen Karten brüten sehen. Er überlegte, zu ihm zu gehen, aber er ließ es bleiben. Hätte er es getan, wäre er vielleicht nicht wieder ins Grübeln geraten.

Immer wenn er in einem Hafen und in der Nähe eines Postamts war, dachte er an seine Mutter. Und er kam nicht etwa auf die Idee, ihr zu schreiben. Sie hatte ihm diese Gewohnheit ausgetrieben. Der Pfarrer von Candelaria hatte einmal zu seiner Mutter gesagt, daß Antonio in Todsünde lebe, weil er sie verlassen habe, und seither packte sie die Briefe ihres Sohnes mit dem Schürzenzipfel und warf sie ungeöffnet ins Feuer, weil der Glaube es ihr untersagte, etwas anzufassen, was von einem Ketzer kam.

«Ach, Mama», dachte Antonio mit einem ungläubigen Lächeln. Er schüttelte den Kopf und lachte erneut auf. Aber gleichzeitig traten ihm die Tränen in die Augen. «Ach ...» dachte er.

VI. Antonio

Antonio war zuletzt auaf einem antiquierten Schulschiff der Marine gefahren, berüchtigt für seine Unbequemlichkeit und unter dem Kommando eines despotischen Obermaats, der rundweg abstritt, daß die Männer im Vorschiff aufgrund des Platzmangels nicht im Liegen schlafen konnten. Er räumte allenfalls ein, daß dies vielleicht nicht für alle gleichzeitig möglich sei. Und wenn das Gemurre nicht aufhörte, schickte er die Querulanten in die Masten.

Diese Art von Sarkasmus machte einen guten Obermaat aus, und Antonio wußte das zu schätzen. Aber was ihn anging, war er davon überzeugt, daß er nicht zum Befehlen taugte. Er machte sich zu sehr gemein mit seinen Männern, und sein kurzes Gastspiel auf diesem Schiff war der Beweis dafür.

Um als Vormann dort anzuheuern, hatte es genügt, auf einen Tisch zu springen und unter Beweis zu stellen, daß er ein Vaterunser flüssig herunterbeten konnte. Am Anfang hatte er sich davon täuschen lassen, daß alles scheinbar so leicht war. Vielleicht war es kein schlechtes Leben, hatte er gedacht. Sein Geschick beim Segeln und eine Empfehlung an den Alten hatten ihm den Posten eingebracht. Aber bald war ihm klargeworden, daß er sich geirrt hatte. Die Routine begann ihn zu ersticken. Er sah keine Notwendigkeit darin, sich ein Leben lang Vorträge über Themen wie Trunksucht und

Syphilis anzuhören, jeden mit «Señor» anzureden oder Fachmann im Aufstöbern von Schmutz an Bord zu werden. Außerdem stellte er fest, daß die Matrosen ein feines Gespür dafür hatten, seine Schwierigkeiten zu bemerken. Die Folge waren wiederholte Befehlsverweigerungen, und so dachte er darüber nach, seinen Dienst zu quittieren. Eines Abends wurde er dabei ertappt, wie er eine Flasche Wein mit an Bord brachte, und er landete im Arrest. Er teilte die Arrestkammer mit einem weiteren Matrosen, der aus denselben Gründen einsaß. Kurz bevor Antonio dazukam, hatte er mit Kreide auf das Schott geschrieben: «Es ist leichter, ein Schiff in eine Flasche zu bringen, als eine Flasche auf dieses beschissene Schiff.»

Man hatte ihm beigebracht, nicht zu widersprechen, und eine Zeitlang hatte er geglaubt, einen Befehl bis zur letzten Konsequenz ausführen zu können. Er glaubte es bis zu der Nacht, als sie von einem Südwestwind auf eine Insel zugetrieben wurden, ohne etwas dagegen unternehmen zu können. Sie hatten das gesamte Tuch gesetzt, das Deck stand unter Wasser, drei Mann umklammerten das Ruder, und als Antonio sah, daß der wachhabende Offizier eindeutig nicht wußte, wie man die Insel umschiffen sollte, verließ er unter einem Vorwand seinen Posten, enterte in die Masten auf und kappte das Segel. Mit solchermaßen vermindertem Segelwerk drehte das Schiff schließlich ab, aber der Offizier erklärte später, daß dies schon der Fall gewesen sei, bevor Antonio mit dem Messer auftauchte. So endete Antonios Karriere bei der Marine.

Es war Dezember, und sie waren auf dem Heimweg.

Bis Candelaria waren es noch zwanzig Tage. Sie waren an Küsten entlanggesegelt, die von Pinguinen bevölkert waren, die nachts Schreie ausstießen wie Esel, und sie standen immer noch unter dem Eindruck, die schlimmsten Gewässer der Welt befahren zu haben. Der Schiffsrumpf war blank vom eiskalten Wasser. Vierzig Stunden lang hatten sie völlig zugeschneit in absoluter Windstille festgelegen, ohne daß sich der Bug auch nur einen Millimeter vorwärtsbewegt hätte, während vom Pol her seltsame Schreie zu hören waren. In Candelaria angekommen, sahen sie deshalb, die Ellbogen auf die Reling gestützt, zum Land hinüber, als kämen sie von einem anderen Planeten.

Auf der Hafenstraße fuhr ein Wagen mit einer Damengesellschaft darin, der vor dem Cocodrilo hielt. Dort spielte das Orchester Select, und die Damen fanden sich jeden Nachmittag ein, bestellten einen Episcopal oder einen Sadi Carnot und tranken ihn, ohne auch nur eine Olive dazu zu essen. Fast alle kamen frisch vom Friseur, und die eine oder andere von ihnen war sehr stolz und mächtig aufgeregt, weil sie sich am Morgen in der Zeitung gesehen hatte, unter der Rubrik «Brautgalerie» oder «Damen unserer Gesellschaft». Von Zeit zu Zeit sang Noel Bates, aber seine schmelzende Stimme war ausschließlich für das Cocodrilo bestimmt, wo man die Vorhänge geschlossen hielt. Zu den vor Anker liegenden Schiffen drangen nur die Lieder der Gitarrenspieler herüber, die in den Hafenbars verkehrten und bis zum Morgengrauen spielten.

Stunden bevor sie den Hafen anliefen, hatte der Kapitän ihn zu einem Abschiedsessen in seine Kajüte eingeladen. Er habe große Stücke auf seinen Vater gehalten, sagte er ihm, aber Disziplin sei Disziplin. Antonio war verständlicherweise gerührt und schöpfte wieder Hoffnung, als der Alte andeutete, daß er ihn auf seinem nächsten Schiff dabeihaben wollte. Es wurden Getränke gebracht, und der Alte zeigte ihm, wie man einen Black Velvet mixte. Sie tranken auf die Mutter des Alten, eine Frau wie ein Erzfrachter, die sie von einem Foto herunter beobachtete. Antonio wagte es in aller Bescheidenheit, auch auf den Großvater des Alten anzustoßen, einen General, der «so gefährlich» gewesen sei, daß jemand angeordnet habe, ihn mitsamt seinem Pferd zu erschießen. So erzählte er es dem Alten. Dieser machte sich nichts aus den Vorschriften und hatte seine Kajüte mit einer eindrucksvollen Familiengalerie tapeziert statt mit Darstellungen bedeutender nationaler Ereignisse. Unter den Porträts stand unberührt die Bordbibliothek, deren Werke die Moral der Besatzung heben sollten. Es waren die *Anleitung zur Sparsamkeit, Die Pflichterfüllung, Handbuch der Körperpflege, Große Schlachten* und *Ansichten unseres Landes.* «Ich nehme an, daß du diesen Mist nicht lesen wirst», murmelte der Alte hinter seinem Glas hervor. Antonio begann zu ahnen, daß er ihn niemals so gut kennengelernt hätte, hätte er nicht die Segel gekappt.

Statt des üblichen Seemannseintopfs wurde eine Platte mit portugiesischen Sardinen, Oliven und mit Olivenöl beträufeltem Landkäse aufgetragen. «Iß, soviel du kannst, mein Junge», sagte der Alte, während er kaum von jedem Gericht probierte. Als der Nachtisch kam, war Antonio besoffen. Er hatte auch seine Geschichten und wollte die von seinem Urgroßvater erzählen, dem man auf einem spanischen Schiff einen Nagel durch die Zunge getrieben hatte, weil er abfällig über die Jungfrau Maria gesprochen hatte. Aber die Sätze kamen ihm nur schwer über die Lippen, und statt die Geschichte zu Ende zu erzählen, vergoß er bittere Tränen in den Armen des Alten. In diesem Moment stellte der Kabinenjunge eine Fingerschale mit Wasser auf den Tisch, und eingedenk der Empfehlung, soviel wie möglich zu trinken, stürzte Antonio sie ganz hinunter. Der Junge bewies ein erstaunliches Taktgefühl und füllte sie erneut, und Antonio leerte sie umgehend. Als er sah, daß der Junge Anstalten machte, den Vorgang zu wiederholen, grauste ihn bei der Vorstellung, ein drittes Mal das Wasser austrinken zu müssen, und als der Alte einen Moment nicht hinhörte, stammelte er leise, ob man nicht einen kleinen Schuß Fernet beifügen könne.

Bei Einbruch der Dunkelheit verließ er das Schiff, und das bedrohliche Gefühl, festen Boden unter den Füßen zu haben, ließ ihn erschaudern. Das Erscheinen einer Hafennutte erlöste ihn aus seiner Beklemmung, und er folgte ihren lockenden Gesten und marschierte hinter diesem runden Hintern her, der hin und her schaukelte wie das Heck eines holländischen Schiffes. Dieser Landspaziergang war ihm ebenso unheimlich wie eine nächtliche Kletterpartie auf einer langen Spiere, um bei unruhiger See ein Vorsegel auszutauschen, unter sich das kalte Wasser.

Das Mädchen war so aufgeregt, daß es nicht wie eine Professionelle wirkte. Sie stellten erfreut fest, daß sie aus derselben Straße stammten. «Hättest du gedacht, daß ich so eng gebaut bin?» fragte sie mit entrücktem Blick, als sie ihn in sich spürte. Er fand das nicht, tat aber dennoch, als sei er begeistert. Er hatte nicht oft Gelegenheit, mit Mädchen zu schlafen, und so war er ihr dankbar für diese Nacht, die sie im Hotel Abolengo verbrachten. Am nächsten Tag machte er sich frühzeitig auf den Weg nach Hause. Er kaufte Brötchen in der Bäckerei und konnte seine Mutter mit einem Frühstück am Bett überraschen. Sie umarmte ihn, während sie zu sich kam, und Antonio bemerkte, daß sie ein wenig weinte. Er strich ihr übers Haar und atmete den herrlichen Duft ein, der dem Bett entströmte. Seit seiner Kindheit bewahrte seine Mutter die Äpfel bei der frischen Wäsche auf, weil sie gerne in duftenden Laken schlief. Antonio versprach ihr, daß er dieses Mal nicht so bald wieder fortgehen und sich um die Beete kümmern werde. Während er das Brötchen in den heißen Mate tunkte, nahm er sich vor, mindestens zwei Jahre an Land zu bleiben. In diesem Augenblick glaubte er wirklich, er würde es schaffen.

Seine Mutter bereitete ein Zicklein zum Mittagessen, und danach hielt Antonio einen ausgiebigen Mittagsschlaf. Er genoß es, nicht wie sonst vom Obermaat geweckt zu werden, der seine Hängematte umkippte, sondern weil ihn seine Mutter sanft schüttelte, um ihm zum vierten Mal zu sagen, daß er in dieser Nacht kein Auge zutun werde. Er badete, rasierte sich und drehte eine Runde durch den Hafen. Auf der kleinen Plaza ließ er sich die Schuhe putzen.

Der lahme Ledesma kam mit Riesenschritten angewackelt.

«Grüß dich, Hinkebein», grüßte er ihn. Der Lahme murmelte eine unverständliche Antwort, ohne seine Schritte zu verlangsamen. Er hat mich nicht erkannt, dachte Antonio. «Er hat Sie nicht erkannt!» plärrte munter der Junge, der ihm die Schuhe putzte, und hörte einen Moment auf zu pfeifen. Antonio war ein bißchen enttäuscht.

Er schlenderte zum Teologal hinüber. Drinnen war niemand, den er kannte, und so ging er weiter. An der Ecke blieb er stehen. Bald würde es acht sein.

Er sah zu der Markierungsboje hinaus, die in der Hafeneinfahrt blinkte. Konnte es sein, daß niemand vorbeikam? Er fühlte sich unwohl in seiner Haut und war kurz davor, ins Cocodrilo zu gehen, wo man sitzen und Musik hören konnte, ohne sich einsam fühlen zu müssen. Er zögerte kurz. Da sah er Compasión Amaya.

Mit einem Kind an der Hand, flankiert von ihrem Ehemann und mit einem weiteren Kind im Bauch, flog die arme Compasión in den Sandwolken, die der Abendwind aufwirbelte, nach Hause. Sie sah ihn erst im letzten Augenblick, und dann strahlten ihre Augen ungläubig. Die aufrichtigen grünen Augen, das war alles, was von der alten Compasión geblieben war. Sie machte Anstalten stehenzubleiben, doch sie konnte nichts gegen das atemberaubende Marschtempo ihrer Familie ausrichten, die sich nur auf dem Nachhauseweg befand, auch wenn es wie eine Flucht aussah. Es gelang ihm, ihr zuzulächeln, und sie grüßte ihn mit einem Kopfnicken. Der Ehemann sah mißtrauisch hinüber und beschleunigte seine Schritte. Ein wenig weiter verlangte er eine Erklärung, und die beiden blickten sich um. Nun hatten sie den Jungen zwischen sich genommen, er hing fast in der Luft. Sie verschwanden so schnell, daß es Antonio die Kehle zuschnürte.

Was konnte er angesichts einer solchen Tragödie tun? Nun, sich vollaufen lassen, im Morgengrauen nach Hause kommen und auf allen vieren ins Bett kriechen. Dort angekommen, durchbohrten ihn Compasións Augen in der Dunkelheit. Dann schlief er ein und träumte wirr von ihr.

Compasión hatte eines Tages zu ihrer Mutter gesagt: «Ich bekomme ein Kind.» Da sie erst fünf Jahre alt war und offensichtlich große Freude an solchen Offenbarungen hatte, machte sich die Mutter keine allzu großen Sorgen. Eine Tante jedoch untersuchte sie sofort im Bad, weil sie der Meinung war, daß in diesem Viertel ein paar Kerle wohnten, die ohne weiteres imstande waren, sie flachgelegt zu haben. Es waren keine Veränderungen festzustellen. Zu Compasións potentiellen Vergewaltigern zählte Antonio, der sie damals noch nicht liebte, ganz gewiß noch nicht zu jener Zeit, als sie ein Kind wollte und bei den Aufführungen im Theater Zalazar mitspielte.

Jedes Jahr zur Weihnachtszeit nahm Compasión mit wachsender Routine an der Aufführung des *Patriotischen Katers* teil, Krönung der Preisverleihungen anläßlich der «Woche der Armen». Normalerweise stammten die Prämierten aus Antonios Viertel, und so ging er mit seiner Mutter hin, um sich nach Strich und Faden zu langweilen. Compasións Nummer fand er am allerlangweiligsten. Er hätte der Sache vielleicht etwas abgewinnen können, wenn seine Mutter einen Preis bekommen hätte, aber die zeigte keine sonderliche Begeisterung. Prämiert wurden unter anderem «die am stärksten leidgeprüfte Mutter», «der geduldigste Krüppel», «der bewunderungswürdigste Kranke» und « die schicksalsergebenste Witwe». Er hörte seine Mutter einmal sagen, daß man wirklich ein Unglücksrabe sein mußte, um dort einen Preis zu gewinnen. Damals dachte er, daß sie das sagte, weil sie sich ärgerte. Trotzdem gingen sie jedes Jahr hin, ohne daß sich am Ablauf der Feier jemals etwas änderte: Die Vorsitzende hielt eine Ansprache, die Lehrerin Villanueva trug ein Gedicht vor, die Kinder Alberto Donoso und Gringuita Araujo führten ein allegorisches Spiel auf, Maestro Córdoba spielte Kreislers *Präludium* und *Allegro,* Señorita Rica Jiménez Sandoval trug das Klavierstück *La Medianoche* vor, komponiert von Maestro Córdoba, es folgten klassische Ballettszenen und als großes Finale der *Patriotische Kater*, ein, wie die Presse schrieb, «mit erlesenem künstlerischem Geschmack» von Señora Leonor Gómez de Biffignandi inszeniertes Stück. Compasión spielte mit, bis sie als Elfjährige mit ihren Eltern nach San José zog. So kam es, daß Antonio bis zu ihrem Wiedersehen einige Jahre später kaum noch Erinnerungen an die Tänzerin des *Katers* und das Mädchen hatte, das mit fünf Jahren verkündet hatte, daß es ein Kind erwarte. Seit damals sagte man ihr nach, einen Willen zu haben wie ein Eisbrecher. Antonio jedoch konnte sich weder an ihr schwarzes Haar noch an ihre grünen Augen erinnern, die sie einer kreolischen Großmutter und einem schottischen Großvater verdankte, den ein Gouverneur hergeholt hatte, für den der Fortschritt in Candelaria untrennbar mit einer Vermischung der Rassen verbunden gewesen war. Er erkannte sie also nicht wieder, als sie sich bei einem Fest im Haus seiner Tante Himelda begegneten. Sie fischte Häppchen aus einigen Schüsselchen, trank Pfirsichlikör und lachte herzlich über die Scherze der anderen. Antonio schlich um sie herum, in der Hoffnung, ihr vorgestellt zu werden. Später gingen sie in den Innenhof, und dort, unter den üppigen Weinranken, stimmte jemand wunderschöne Lieder an, die allen zu Herzen gingen. Antonio wünschte sich, er könnte so singen und sie würde ihn so ansehen, wie sie den Sänger ansah.

Einige Wochen lang paßte er sie ab, wenn sie aus dem Französischunterricht kam. Sie war in Begleitung einer Freundin und flanierte mit ihr auf der Plaza. Antonio postierte sich an der Ecke und warf ihr innige Blicke zu, wenn sie vorbeikam. Sie sah ebenfalls zu ihm herüber. Wenn jemand bei ihm war, gingen sie in die andere Richtung, und wenn sich ihre Wege kreuzten, blickten sie sich immer tiefer in die Augen. Aber Antonio war lieber allein, denn seine Freunde bezogen Compasións Blicke fälschlicherweise auf sich. Manchmal machten sie ihm gegenüber Bemerkungen über diese Blicke, aber Antonio hielt den Mund und dachte nur: «Bei der nächsten Runde grüße ich sie.» Er wartete immer zu lange, und plötzlich war sie nicht mehr da. Am Boden zerstört, schlenderten sie noch eine Weile über die verwaiste Plaza, zwei enttäuschte Herumtreiber, denen noch der Geruch der frisch gebadeten Mädchen mit den gepuderten Beinen in der Nase hing, die um Punkt neun Uhr verschwanden.

Danach gingen sie zum Teologal und bestellten ein Bier. Auch dort war niemand mehr, denn es war Abendessenszeit. Antonio dachte an Compasións herausfordernde Augen und verfluchte sich für seine Feigheit.

Eines Tages hieß es: «Baltazar Maldonado hat ihr eine Liebeserklärung gemacht. Compasión wird ihm morgen antworten.» Das Fahrrad zitterte unter Antonios Schenkeln. Sie standen am Schultor neben der Bäckerei Palmiotto. Sein Informant spielte zerstreut an der Fahrradklingel herum, und Antonio sah sein Gesicht in der vernickelten Glocke. Auch die Mädchen spiegelten sich, die aus dem Unterricht nach Hause gingen. Als nichts Interessantes mehr zu sehen war, hob sein Informant die Tasche mit einem Zwei-Pfünder-Stockbrot vom Boden auf, schwang sich auf die Stange, und sie fuhren los. Einen Block weiter sprang er ab, und Antonio radelte niedergeschlagen auf seinem Stucchi-Sportrad mit Rücktritt und Pedalen mit Schuhkappe nach Hause. Seine Mutter stand in der Tür, außer sich wegen Antonios Verspätung. Er radelte über den Bürgersteig des Nachbarn und legte vor der Haustür eine italienische Bremsung hin, indem er den Fuß zwischen Reifen und Gabel schob. Das Stucchi bockte, während seine Mutter ihm das Brot entriß und ihm einen Klaps auf den Hinterkopf gab. Antonio stellte das Fahrrad im Hausflur ab, ging kurz ins Bad und setzte sich dann an den Tisch. Seine Mutter machte ihm Vorhaltungen, weil er keine Törtchen mitgebracht hatte. «Das Flittchen hat also allen schöne Augen gemacht», dachte Antonio, während er traurig das Schnitzel aß, das auf seinem Teller lag. Er dachte, daß seine Mutter die unpassendsten Gelegenheiten fand, um ihm sein Lieblingsessen zu machen. Dann aß er einen Berg Pommes Frites.

Compasión und ihr neuer Freund saßen immer beim Denkmal für die Schiffbrüchigen. Vom Teologal aus konnte man sie beobachten. Sie konnten sich in einem fort streiten und dann schweigen. Einmal wurde Antonio Zeuge, wie sie zwei Stunden dasaßen, ohne miteinander zu sprechen. Baltazar umarmte sie immer wieder, und es war offensichtlich, daß er verzweifelt darauf aus war, sie zu küssen. Insgesamt waren sie eine Woche zusammen, und als Antonio erfuhr, daß sie sich getrennt hatten, konnte er nicht schlafen vor Nachdenken darüber, ob er sie schließlich geküßt hatte.

Das Jahresende kam näher und damit die Qualen der Weihnachtszeit. Antonio und seine Mutter begannen wieder darüber zu streiten, wo sie die Festtage verbringen sollten. Es war ein bedrückendes Thema. Antonio fand, daß eine Witwe und ihr einziger Sohn eine zu traurige Kombination waren, um sie an Weihnachten alleine zu lassen. Aber sie war fest gewillt, Trübsal zu blasen, und blieb beharrlich bei ihrem Entschluß, zu Hause zu bleiben. Um zwölf würde sie ihn in die Christmette schleifen.

Der Konflikt stand wie üblich im Raum, als seine Tante Himelda eingriff und durchsetzte, daß seine Mutter nach ermüdenden Diskussionen die Einladung zu ihr nach Hause annahm. Auch für seine Mutter war die Stunde vor Mitternacht traurig, wenn das Abendessen zu früh vorbei war und quälende Bemerkungen zwischen ihr und ihrem Sohn hin- und herflogen. Sie sah diesen unergründlichen fünfzehnjährigen Jungen an, dessen Geburt sie wie durch ein Wunder überlebt hatte. Antonio ertrug diese Blicke nicht. Sie waren Teil der Weihnachtsstimmung, so typisch wie die Krippe, der eisgekühlte Apfelwein, die blauen Gläser und das fade Essen, das sie eine Woche im voraus zubereitete. In diesen Augenblicken hätte Antonio viel dafür gegeben, daß das Jahr nicht so ausklang, vor allen Dingen, wenn die ersten Raketen krachten und die Mitternachtsstunde gnadenlos über sie hereinbrach. Seine Mutter litt so theatralisch, daß man sich dem nicht entziehen konnte. «Kopf hoch, Mama», sagte er dann zu ihr. Und dieser Satz genügte, um alle Schleusen zu öffnen. Die Situation war ausweglos.

Am Abend dieses Vierundzwanzigsten kam Antonio mit einem halben Dutzend Apfelweinflaschen, die seine Mutter beigesteuert hatte, zu Himelda, und kaum war er durch die Tür, stieg ihm der Duft des Grillfleischs in die Nase, das im Hof brutzelte und ihm zusammen mit anderen Dingen, die er gleich wahrnahm, sagte, daß es ein unvergeßlicher Abend werden würde. Es war acht, und noch waren nicht alle da. Himelda und eine Nachbarin plauderten in den Korbsesseln neben den frisch gegossenen Geranien. Sie tranken Zitronenlimonade, aßen Schaumzucker dazu und wirkten sehr vergnügt. Ein kleines Kind tapste fasziniert auf die glühende Holzkohle zu, andere Gäste spazierten mit einem Glas in der Hand umher und hatten ein Auge darauf, wie weit die Würste waren. Antonio gesellte sich zu dem Grüppchen seines Cousins Fermín, der fröhlich mit den übrigen Kindern schwatzte, während die Stunde der Raketen näherrückte. Das kleine Kind, dem die Lust daran vergangen war, vom Feuer weggescheucht zu werden, kam auch hinzu. Antonio hörte, daß sie ein paar Läuse suchen wollten, um sie ihm in die Haare zu setzen, und er nahm es auf den Arm und brachte es zu seiner Mutter. Dann ging er sein Glas holen und stieß mit dem Gitarrenspieler zusammen, der für Compasión gesungen hatte. Jetzt, da sie nicht in der Nähe war, fand er den Gitarrenspieler harmlos und sympathisch. Dieser lächelte ihm freundlich zu, während er schüchtern an seiner Gitarre zupfte. Dann begann er leise zu singen. Antonio stimmte verhalten ein, und sie sangen im Duett, sehr zum Entzücken des kleinen Kindes, das zu ihnen gekrabbelt kam, nachdem es unzähligen Gefahren entgangen war. So verging die Zeit, und als sie aufschauten, sahen sie, daß der Innenhof voller Menschen und auch seine Mutter eingetroffen war. Als fast niemand mehr fehlte, klopfte es zum letzten Mal an der Tür, und Compasión trat ein.

So wurden sie zu Weihnachten ein Paar. In der Nacht zum Fünfundzwanzigsten, als er im Dunkeln einen wundervollen Walzer tanzte, stellte Antonio fest, daß er zum ersten Mal in seinem Leben bei der Christmette fehlte und daß er bis über beide Ohren verliebt war. «Das ist das glücklichste Weihnachten meines Lebens», flüsterte er ihr ins Ohr, und da sie nichts sagte, fühlte er sich ein bißchen verloren. Aber dann umarmte sie ihn zärtlich, und er dachte, daß dies wirklich ein glückliches Weihnachtsfest war. Die Kinder warfen ihre

Knallfrösche, die Männer saßen auf dem Boden und spielten Karten, und auf dem Grill lagen nur noch ein paar vertrocknete Würstchen, während die Frauen schläfrig und ein wenig angesäuselt vom Tisch aus die junge Liebe zwischen Compasíon und Domitilas Sohn kommentierten.

Der Rücken des Mädchens brannte unter Antonios Hand. Sie trug ein geblümtes Kleid, und von Zeit zu Zeit spürte Antonio, wie sich bei einem Tanzschritt ihre Schenkel an den seinen rieben. Die Berührung durch die brennende Seide hindurch raubte ihm den Verstand. Aber Antonio war sich darüber im klaren, daß dies hier etwas Ernstes war, und so versuchte er nicht, ihren Nacken zu küssen oder sein Glied an ihr zu reiben. Allerdings war er sich nicht sicher, ob ihm das gelang. Es war eine der unzähligen Fragen, über die er sich immer wieder mit Machaco Camargo unterhielt, einem seiner besten Freunde. Merkten es die Mädchen, wenn man ihn beim Tanzen gegen sie preßte? Machaco bot seine Schwester an, um zu einem endgültigen Ergebnis zu kommen, aber die wollte es gar nicht so genau wissen und bedachte sie mit einer Schimpfkanonade.

Am nächsten Tag traf er Compasíon in der Nachmittagsvorstellung des Spanischen Kinos. Es lief *Der Leuchtturmwärter* mit Melwin Brook, die Geschichte eines Leuchtturmwärters, der aus Haß die Laterne des Leuchtturms zerstörte, um den Verführer seiner Tochter in die Irre zu leiten. Sobald die Lichter ausgegangen waren, schlich Antonio zu der Sitzreihe von Compasíon, wo deren Freundin bereits einen Platz weiter gerutscht war. Im übrigen Kino gingen ähnliche Aktionen vonstatten, denn alle waren darauf aus, neben den Mädchen zu sitzen. Bis zur Mitte des Films fand Antonio nicht den Mut, ihre Hand zu nehmen. Sie wandte kein Auge von der Leinwand, und Antonio fragte sich, ob sie wirklich so in den Film vertieft war. Ihre Freundin hingegen zeigte ein lebhaftes Interesse an dem, was neben ihr passierte. In Wirklichkeit passierte gar nichts. Irgendwann, getrieben von einer Verzweiflung, die jener von Melwin in nichts nachstand (der gerade mit der *City of Cardiff* auf die Klippen aufgelaufen war), ergriff Antonio Compasións Hand. Sie wirkte überrascht, und Antonio wurde rot. Nach einer Weile legte er seinen Arm um ihre Schulter, und sie sträubte sich ein wenig. Die Folge war, daß Antonio nicht wußte, was er mit seinem Arm anfangen sollte. Compasións Freundin sah ihn voller Verachtung an. Antonio konzentrierte sich ein paar Minuten auf den Film, wo es ziemliche Probleme damit gab, Melwins Rettung zu organisieren. Nun lag sein Arm mehr über der Lehne als um Compasións Schultern. Er erinnerte sich an Baltazars Bemühungen, sie beim Denkmal zu küssen, und dachte, daß auch er unverrichteter Dinge das Kino verlassen würde. Er wollte eben den Arm wegziehen, als er Compasións herausfordernden Oberschenkel an seinem Bein spürte, der so heiß war wie am Abend zuvor. Er setzte alles daran, ihr näherzukommen, bis er bemerkte, daß er ihre Handtasche streichelte. Seine Hand war schweißnaß, und er fragte sich, ob es in Ordnung war, sie dort liegen zu lassen. Er wischte sie an der Hose ab, und in diesem Moment suchte sie nach ihrem Taschentuch, so daß Antonio in einer ungünstigeren Position war als je zuvor. Von dem Film verstand er kein Wort mehr. Offenbar hatte der alte Leuchtturmwärter sich umgebracht. Compasión bot ihm ein Bonbon an, und die beiden blickten sich in die Augen. Antonio beugte sich vor, während er dachte, daß sie seinem Mund ausweichen würde und er nie mehr den Mut fände, es erneut zu versuchen. Aber seine Freundin wich nicht zurück, und so konnten sie einen trockenen Kuß mit geschlossenen Lippen austauschen, wie es damals üblich war, die ganze Zeit beobachtet von Compasións Freundin.

Als sie das Kino verließen, empfing sie draußen ein strahlend schöner Sonntag, der sie blendete. Schweigend gingen sie die Hafenstraße entlang, hinter der Freundin her, die sich anderen Freundinnen angeschlossen hatte. «Was hat sie?» fragte Antonio. Compasión zuckte mit den Schultern. Sie kamen am Denkmal für die Schiffbrüchigen vorbei, wo eine Gruppe von Halbwüchsigen gierig seine Freundin musterte. Compasión sah sie abschätzig an, und das reizte sie. «Die dümmsten Bauern haben die dicksten Kartoffeln», bemerkte einer enttäuscht. «Und die fetteste Kuh», erwiderte ein anderer, während er sehnsüchtig auf die Wellen hinaussah, die gegen die Kaimauern schlugen. Antonio wurde wütend und teilte ein paar Hiebe aus, die nicht trafen. Compasión ging dazwischen, und die Gruppe zerstreute sich.

Sie blieben bis acht Uhr zusammen, dann brachte Antonio sie nach Hause. Bevor sie sich verabschiedete, flüsterte sie: «Antonio, bitte betrüg mich nicht. Ich würde sterben.» Er dachte, daß es das erste Mal war, daß sie ihn so nannte. Er dachte auch, daß er sich in Zukunft nicht mehr vor den Sonntagen fürchten würde und daß er sich bald eine Arbeit suchen würde. Seine rechte Hand roch nach Compasións Parfüm. Auf dem Heimweg schnupperte er immer wieder daran. Er ging auf der Straße, um die Leute nicht zu stören, die in ihren Korbstühlen die frische Luft genossen. «Grüß dich, Antonio», riefen sie ihm vom Bordsteig zu. «Guten Tag, mein Lieber», gab Antonio aufgekratzt zurück. Compasións Parfüm auf seiner Hand verflog. Er überlegte, daß er ein Foto von ihr brauchte, um sich besser an sie erinnern zu können. Vor allem bei den Augen hatte er Probleme; fast immer fehlte ihm dieser Teil ihres Gesichts. Er wußte nur, daß sie grün waren, vielleicht die schönsten, die er je gesehen hatte.

Aber am Ende bekam er das Foto nicht, und in den sechs Monaten, die sie zusammen waren, konnte er sich nicht an ihre Augen erinnern, wenn es Nacht wurde und er an sie dachte.

Er hatte noch einen Rausch, als seine Mutter vom Markt zurückkam. Es war elf Uhr morgens. Sie haßte es, ihn betrunken zu sehen, und sprach lange kein Wort mit ihm. Beim Mittagessen erzählte Antonio ihr von seinem Zusammentreffen mit Compasión. Seine Mutter kam auf die Zeit im Theater Zalazar zu sprechen, und diese Erinnerungen taten ihm weh. Später ging er in den Hof und arbeitete in den Beeten. Er kam um vor Langeweile, obwohl er auf dem Schiff davon geträumt hatte. Während er das Unkraut ausriß und lustlos die

Erde harkte, dachte er, daß es nie gut war, irgendwohin zurückzukehren. Ihm fiel ein, daß in ein paar Tagen sein fünfundzwanzigster Geburtstag war, und er beschloß, ihn weit weg zu feiern.

An diesem Nachmittag ging seine Mutter zur Kirche, und Antonio blieb nichts anderes übrig, als sie zu begleiten. Die Kirche war zehn Häuserblocks entfernt, und sie trafen während der Predigt ein.

Antonio war an die kurzen Andachten an Bord gewöhnt, bei denen es wegen des Seegangs keine Wandlung gab. Die Predigten waren gezwungenermaßen kurz, denn häufig mußte sich der Priester dabei am Mast festklammern. Während er in der Bank Platz nahm, dachte Antonio, daß die Andachten entschieden besser waren. Er überlegte, ob der Priester, der auf der Kanzel vor sich hin stotterte, Pater Ricardo war. Er fragte seine Mutter, doch die kniff verbissen die Lippen zusammen. «Sie betet wie eine alte Frau», dachte er, während er beobachtete, wie sie sich an ihren Rosenkranz klammerte und die Perlen durch ihre Hände gleiten ließ, die so runzlig waren, daß es ihm weh tat, sie zu betrachten. «Wann ist sie so alt geworden?» fragte er sich.

Als die Predigt halb vorbei war, zerstreuten sich seine Zweifel. Es war nicht der Priester von damals, er war nicht einmal ein guter Redner. Er hielt keinem Vergleich mit dem anderen stand. Aber die Gläubigen waren zufrieden: früher war man in die Kirche gegangen, um sich beleidigen zu lassen. Antonio erinnerte sich, daß Pater Ricardo seine flammendsten Predigten immer zum Fest der Muttergottes von der Immerwährenden Hilfe gehalten hatte. Dann hatten die Leute vor Reue geschluchzt, die Bußfertigen schlugen mit dem Kopf gegen die Wand, und einige Frauen sanken ohnmächtig zu Boden. Pater Ricardo genügten zwanzig Minuten, um diese Wirkung zu erzielen. Als Antonio den Pfarrer zum ersten Mal predigen hörte, jagten seine Worte ihm Angst ein. Er war gerade acht Jahre alt und hatte keine Ahnung gehabt, daß es so schlimm bestellt war. Er biß fest auf die Zähne, denn er dachte, daß seine Angst hemmungslos aus ihm hervorbrechen würde, wenn er sich einen Moment gehenließ. Aber er verbarg sie standhaft, und der Pfarrer war irritiert über seine scheinbare Gleichgültigkeit. Er war es gewöhnt, daß die Gläubigen ihrer Reue freien Lauf ließen, und so schnaubte er wütend angesichts dieses Knaben aus Eis und unterbrach seine Wanderung durch die Bänke, um ihn heftig zu schütteln: «Verdammt, hast du denn kein Herz?»

Aber obwohl er an einigen Festtagen derart über die Stränge schlug, erwies sich Pater Ricardo normalerweise als der wohltätige Mann, der er auch war. Wenn auch vielleicht etwas übereifrig im Erteilen seiner Ablässe. Im Jahr der großen Flut, als das Meer das Zentrum von Candelaria überschwemmte und sich dann zurückzog, bis es nicht mehr zu sehen war, hatte er Gelegenheit gehabt, eine der erfolgreichsten Predigten seiner ganzen Laufbahn zu halten. Dieses Unglück hatte die Pfarrgemeinde zur Räson gebracht, deren Reuebezeugungen alle Rekorde schlugen. Der Pater war so zufrieden mit dem Ergebnis, daß er nicht zögerte, die Gläubigen kraft seines apostolischen Amtes mit vierundzwanzig Jahren Ablaß zu belohnen. Das rief die Empörung des Bischofs hervor, der fand, daß der Pater zu weit gegangen war. Aber wer wollte es wagen, den Ablaß zu widerrufen? Die so Begünstigten schworen, die Kurie zu schleifen, falls der kleinste Schritt in diese Richtung unternommen würde. Alle waren wild entschlossen, ihren Frieden mit Gott zu machen.

Nach der Messe lud Antonio seine Mutter zu einem Bier ein. Sie fragte, ob das nicht teuer wäre.

«Seit wann gehst du nicht mehr in die Konditorei?» wollte Antonio von ihr wissen.

«Ich weiß nicht.»

«Aber ich. Seit mindestens zehn Jahren.»

«Was macht das schon.»

Sie gab nicht zu, daß sie in seiner Abwesenheit häufig hinging. Antonio fragte sie:

«Möchtest du im Cocodrilo essen?»

«Was ist das?»

Jetzt stellt sie sich dumm, dachte Antonio.

«Das beste Restaurant von Candelaria», murmelte er widerwillig.

«Ich esse mittags eine Kartoffel mit Öl. Vielleicht ein bißchen Obst. Das ist die Sache nicht wert.»

«Natürlich nicht», erwiderte Antonio verstimmt.

Soll sie doch zum Teufel gehen, dachte er. Aber sie gingen trotzdem hin.

«Nichts macht dir eine Freude», warf er ihr vor, als sie sich setzten.

«Es gibt viele Dinge, die mir Freude machen», sagte sie trotzig.

«Ach was ...»

«Ich würde mittags gerne so lange schlafen, bis ich mich wund liege.»

«Ich meine Vergnügungen.»

«Für eine alte Frau wie mich wäre es das größte Vergnügen zu sterben.»

Sie lächelte glücklich über die Antwort, die sie gefunden hatte.

«Das war ja klar», sagte Antonio.

«Früher habe ich Radio gehört», räumte sie ein.

«Früher? Wieso früher?»

«Na ja, bevor die Batterie leer war.»

«Und das Geld, das ich dir geschickt habe?»

«Ich verstehe nichts von diesen Dingen», murrte seine Mutter. «Außerdem ist das Radioprogramm um zehn zu Ende.»

«Und was machst du dann?»

Auf See dachte Antonio ständig an seine Mutter. Er sah sie vor sich, wie sie im dunklen Eßzimmer saß, paralysiert von der Stille des leeren Hauses.

«Nichts. Ich denke nach und starre an die Wand.»

«Du starrst an die Wand?»

«Dann ist der Kartoffelgeruch nicht so stark, den meine Mitbewohnerin ausströmt.»

Antonio konnte nicht glauben, was er da hörte.

«Woher hast du eine Mitbewohnerin?»

«Letztes Jahr bin ich drei Monate in die Pension gezogen.»

«Warum hast du das gemacht?»

«Wie, warum?»

«Ja, *warum*?»

«Es gefällt mir nicht, so mutterseelenallein zu leben. Ich will nicht, daß ich sterbe und man mich nach zehn Tagen findet.»

«Einsam und verlassen ...»

«Ja.»

«Aber du bist wieder nach Hause gegangen.»

«Es war mir zu teuer. Ich muß für das Grab sparen.»

Sie hatte ihre Freude an der Unterhaltung und an dem Ärger, den sie in ihrem Sohn geweckt hatte. Bedächtig verputzte sie die Erdnüßchen, die Oliven, die Meeresfrüchte, den gebackenen Fisch. Sie hatte behauptet, daß sie keinen Hunger habe, und dann bestellte sie noch einmal nach. Der Besitzer des Cocodrilo, der im selben Viertel gewohnt hatte wie sie, sah von der Theke aufmerksam zu ihnen hinüber, während er dachte: «Sieh da, Antonio Escudero mit seiner alten Domitila.»

Am Abend ging Antonio im Teologal vorbei und traf den Grauen, der ihm eine Heuer als Bootsmann auf dem Schiff anbot, das er kaufen wollte. Der Graue erzählte ihm von der Fahrt nach Valparaíso über die Kap-Route. Antonio schenkte dem keine besondere Beachtung, denn es war schwierig, in Candelaria zwei Minuten mit jemandem zusammenzusitzen, ohne daß der davon sprach, ein Schiff zu kaufen und auf der Kap-Route nach Valparaíso zu fahren. Aber er war auch froh, wieder Arbeit zu haben und mit dem Grauen zur See fahren zu können.

VII. Sonntag

In früheren Zeiten war auf den Achterdecks der Schiffe ein Kreuz angebracht gewesen, und von damals rührte der Brauch her, dort einen Gruß zu entrichten. Auf den meisten Schiffen gab es keine Kreuze mehr, und die übrigen hatten es drinnen angebracht, damit es nicht vom Rost zerfressen wurde. Aber die Männer grüßten nach wie vor, wenn sie dort vorbeigingen. Es war ein Ritual, das nie schaden konnte, und alle fühlten sich sicher, wenn sie den Kopf senkten und den Daumen an die Lippen führten.

Pepe Arriagada kam mit einem Eimer und seinem Beutel schmutziger Wäsche an Deck und ging am Achterdeck vorbei, ohne ihm auch nur einen Blick zu schenken. Er suchte erfolglos nach ein wenig Schatten unter den Segeln. Es war Sonntag, und fast alle hielten sich draußen auf. Ihm blieb nichts anderes übrig, als sich in die Nähe von Antonio zu setzen, der mit finsterer, herausfordernder Miene am Ruder stand.

Es gab nur noch wenig Anlaß, sich an Deck aufzuhalten. Aber heute war ein sonniger Tag und das Meer weniger aufgewühlt als sonst, so daß sich auch Dolores, gut gestützt von Nicolás, die Füße vertrat.

Pepe nahm ein Hemd heraus und tunkte es in den Eimer mit Süßwasser. Dann breitete er es auf den Decksplanken aus, seifte es ein und bearbeitete es mit der Wurzelbürste. Das kalte Wasser löste die Seife nur schlecht auf, und er mußte so feste schrubben, daß sich nach kurzer Zeit der Hemdenstoff aufribbelte. Seine gesamte Kleidung nahm diesen Weg, stellte Pepe fest, während er die Sachen aus dem Leinenbeutel nahm. Er überlegte, daß er einen Schrank brauchte. Der Beutel war feucht, und er mußte ihn immer auskippen, um zu finden, was er suchte.

Pepe war ein Mann mit guten Manieren, und es gab gewisse Dinge an Bord, die ihn maßlos störten. Er haßte es zum Beispiel, sich die Koje mit einem anderen zu teilen. Vielen aus der Besatzung gefiel es, von der Wache zu kommen und die Koje von dem Mann vorgewärmt zu finden, der sie ablösen sollte. Aber Pepe wollte eine eigene Koje, deren Matratze er so oft waschen konnte, wie er wollte, um den tropischen Schweiß und anderes widerliches Zeugs zu entfernen, das in der Roßhaarfüllung festsaß.

Er hängte die Wäsche auf und machte sich ans Warten. Antonio warf ihm vom Ruder aus böse Blicke zu. Ihn störte der Anblick der Wäsche in der Takelage. Wenn an einem Sonntag viel gewaschen wurde, flatterte es auf dem Schiffsdeck wie im Hof einer Mietskaserne. Aber zugegebenermaßen war das nur am Anfang so. Er war überzeugt, daß schließlich bei allen ihre wahre Natur der Dorschfischer zum Vorschein kommen würde. Er kannte Leute, die sich damit brüsteten, während der ganzen Fahrt ihre Schuhe nicht ausgezogen zu haben.

Pepe bemerkte Antonios wachsame Blicke und vermutete, daß er es auf ihn abgesehen hatte. Deshalb vergewisserte er sich, daß der Wassereimer in Reichweite stand, bevor er sich eine Zigarette ansteckte. Dabei grinste er frech, weil er sicher war, daß kein anderer diese Vorschrift befolgte.

Wie Antonio hatte auch er auf einem Kriegsschiff gedient. Aber im Gegensatz zu ihm war Pepe Arriagada der Überzeugung, daß die Marine eine wichtige Erfahrung im Leben eines Mannes darstellte. Er fand, daß bestimmte Dinge auf der Welt sehr gut funktionierten, und war nicht bereit, einen Schwachkopf zu tolerieren, der vorhatte, sie zu ändern. Viele Jahre auf einem Kreuzer hatten ihn mit einem Sinn für Disziplin und Effizienz ausgerüstet. Er war der Ansicht, daß ein Bootsmann nicht nur über ein gutes Maß an Sarkasmus verfügen sollte, sondern auch bei den Arbeiten an Bord besser sein mußte als jeder seiner Männer. Er lächelte ungläubig bei dem bloßen Gedanken, daß Antonio an seiner Stelle in die Masten klettern sollte, bei schlechtem Wetter und Windböen, die einen Mann eine Viertelmeile vom Schiff wegwehen konnten. Außerdem stellte er beunruhigt fest, daß es womöglich von Antonio abhängen würde, zu seiner Rettung umzudrehen, sollte er selbst einmal über Bord gehen. Deshalb vergewisserte er sich jedesmal, bevor er in die Masten enterte, daß die beiden langen Taue ausgeworfen waren, die das Schiff hinter sich herzog. Das wäre immerhin eine Chance mehr.

Sie hatten sich schon das wenige gesagt, was es zu sagen gab, und nun spazierten sie einfach über Deck und betrachteten das Meer. Nicolás fand, daß sie die schönste Frau war, die er je getroffen hatte, und er war so aufgeregt, als ginge er neben einem Rassepferd her. Tatsächlich bewegte Dolores ihre Beine so behende wie ein Vollblut. Von Zeit zu Zeit spielte der Wind in ihrem silbergrauen Haar, und Nicolás gingen die Augen über. Als er sie das erste Mal gesehen hatte, hatte er gedacht, daß sie so schön war wie eine von diesen Engländerinnen, die man sich einigen Bootsmännern zufolge eines Tages kaufen konnte, wenn man hart genug arbeitete. Er hatte nie von jemandem gehört, dem das gelungen wäre, aber als er Dolores kennenlernte, dachte er, daß er genau so eine gekauft hätte, wenn ihm dieses Glück beschieden gewesen wäre, auch wenn er dann nichts mit ihr angestellt hätte. Er überlegte, wie schwierig es gewesen wäre, bei so einer Frau die Initiative zu ergreifen. Nicolás hatte in dieser Hinsicht keinen Anlaß zum Prahlen, im Gegenteil gab es da gewisse Dinge, die er verbergen wollte. Einmal hatte er zaghaft mit dem Finger die Scham eines achtjährigen Mädchens berührt, was ihm eine üble Tracht Prügel eingetragen hatte. Wenn er später an den Vorfall dachte, weinte Nicolás vor Scham, weil er ein alter Mann war und Kinder mochte. Er hatte die gleichen Neigungen wie alle anderen auch, und so konnte er sich nicht erklären, was ihn dazu getrieben hatte, mit seinem Finger dort entlangzustreichen. Aber nun dachte er nicht mehr an diese Episode und ging glücklich neben Dolores her, nur darauf bedacht, sich zuvorkommend zu zeigen. Er versuchte auch, seine verkrüppelte Hand zu verbergen, und er dachte, daß dies vielleicht der letzte schöne Sonntag war, den sie hatten, und daß es keine Spaziergänge mehr an Deck geben würde.

Um die Sonne herum lag ein Ring. Nicolás wußte, daß das schlechte Wetter um so länger auf sich warten ließ, je breiter der Ring war, aber kommen würde es. Einige glaubten, daß man auch anhand der Mondringe gute Voraussagen treffen könne, aber Nicolás verließ sich nur auf die Sonne.

Er fischte gerne an einem Platz in der Nähe von San José, der in den Sommernächten voll von solchen Botschaften war. Manchmal kamen die Sterne ganz nah heran, andere Male waren sie fahl und weit weg. Das bedeutete, daß es Regen geben würde. Der Wind konnte sich mit Salzgeruch ankündigen, wenn er von See kam, oder mit dem Geruch von nassem Gras, wenn er von Land kam. In ruhigen Nächten konnte man das Plätschern der Seehechte hören, die an der Wasseroberfläche Sardinen jagten. Nicolás wußte, daß das Verhalten der Seehechte nichts Besonderes bedeutete. Das war immer so mit Vorzeichen. Einige waren so aussagekräftig wie ein Strohhalm im Maul eines Esels, andere waren deutlich, besagten aber trotzdem nichts. Es gab auch versteckte Vorzeichen, und dann mußte man sich beharrlich auf die Suche nach ihnen machen.

Vielleicht fanden sie sich an so unerwarteten Orten wie in den Pupillen einer Katze, und die Natur hatte es so eingerichtet, weil nichts schwieriger zu deuten war als die Augen einer Katze, die sich neben dem Feuer rekelte.

Aber wenn Nicolás fischte, war er mit seinen Gedanken nur bei dem, was sich am Ende der Leine abspielte. Wenn es zu lange dauerte, bis ein Fisch anbiß, holte er die Angelhaken ein und vergewisserte sich, daß die Muscheln, die er als Köder verwendete, nicht nach Nikotin rochen. Er hatte oft das Rauchen gelassen, damit das nicht passierte. Aber es war schwierig, die ganze Nacht ohne eine Zigarette herumzubringen, und so entschied er sich dafür, die Köder ganz vorsichtig zu befestigen. Wegen der fehlenden Finger bereitete ihm das einige Schwierigkeiten.

Häufig gab es keine Erklärung für die Gleichgültigkeit der Fische, und Nicolás konzentrierte sich noch mehr auf die Angelschnur und betete, daß sie anbeißen möchten und ihre Mäuler hart genug waren, um nicht vom Angelhaken zerrissen zu werden.

In der Nacht, als er von dem Grauen gerammt worden war, hatte nichts angebissen, und er war niedergeschlagen gewesen wegen des Nebels, der ringsum aufzog. Der einzige Orientierungspunkt, der noch am Horizont zu sehen war, war die Kirche von San José, aber auch sie würde verschwinden. Dann würde er die Angelhaken einholen, das Segel setzen und sich davonmachen. Er brauchte keine Anhaltspunkte, um sich zurechtzufinden, und wußte, daß bei Nebel als erstes er selbst nicht mehr zu sehen sein würde. Er war daran gewöhnt, den Schiffen auszuweichen, die in diesen Gewässern kreuzten, obwohl seine Begegnungen mit ihnen normalerweise nicht über einige Beschimpfungen hinausgingen, die er mit den Leuten an Bord wechselte. Aber in jener Nacht war er deprimiert gewesen wegen des Nebels und vielleicht wegen anderer Dinge, die im Laufe seines Lebens vorgefallen waren, und das war der Grund dafür, daß er eingeschlafen war.

Er war aus Angst eingeschlafen. Vielleicht hatte er befürchtet, daß ihm etwas Furchtbares zustoßen könnte. Die im Nebel eingeschlossenen Fischer fielen sonderbaren Halluzinationen zum Opfer. Sie hörten Stimmen vom Meer:

«Nicolás Lucero!»

(Zum Beispiel.)

«Zu Diensten!»

Das war die Antwort, die er sich zurechtgelegt hatte. Aber er würde sie wohl kaum jemals gebrauchen. Außer seiner Mutter kannte ihn niemand als Nicolás. Für den Rest der Welt war er der Cucharón. Er empfand den Spitznamen nicht als Beleidigung, und manchmal machte er Gebrauch von ihm, um klarzustellen, wer er war: «Ich bin Nicolás. Der Cucharón.»

Der Sohn von Doña Primitiva Lucero.

Den Namen seines Vaters wußte er nicht, was ihm einige Unannehmlichkeiten eingetragen hatte. Als er zum ersten Mal auf Arbeitssuche gewesen war, hatte man ihn aufgefordert:

«Name und Vorname des Vaters.»

Nicolás hatte geschluckt.

«Er wurde Lalo gerufen», erklärte er.

Der Blick des Verwalters war so kalt gewesen wie sein Herz. Er hatte gestöhnt.

«Meine Güte», sagte er. «Lalo. So heißt doch niemand.»

Seine Bürokratenaugen hatten sich an Nicolás festgebrannt.

«Es könnte Roberto gewesen sein oder Manuel ...» bemerkte er. «Lalo ist ein Spitzname.»

Nicolás erinnerte sich genau an die Szene: der Schreibtisch zwischen den Säcken und draußen die Kais, die in der Mittagssonne lagen. Er erinnerte sich, daß er geflüstert hatte:

«Ich habe ihn immer nur als Lalo gekannt.»

Er hätte einen Namen für ihn erfinden sollen, dachte er in der Nacht des Zusammenstoßes, während der Nebel über seinem Fischerboot draußen vor San José hing.

Febriciano fuhr seit der Zeit zur See, als die Seeleute noch an Miserere* gestorben waren, und er hatte so viele Sonntage an Bord verbracht, daß er es nun vorzog, sie alleine herumzubringen, möglichst weit entfernt von jenen, die man auf einem Schiff schließlich unweigerlich zu hassen begann. Deshalb kannte er zur Genüge alle Beschäftigungen, die sich diese Leute ausdachten, um Leben in ihre öden Sonntage zu bringen. Er hatte gesehen, wie sie die Hühner des Bootsmanns mit Kalziumkarbid fütterten, damit sie platzten, sobald sie Wasser tranken; er war auf Schiffen gefahren, wo so hemmungslos gespielt wurde, daß die Leute sogar die Sextanten versetzten; er hatte zahllose Mußestunden damit verbracht, Bierflaschen in den eisigen Gewässern Perus zu kühlen; er hatte den Haien in Fleisch eingewickeltes Dynamit vorgeworfen und unbekannte Vögel gejagt, die dann nach Fisch schmeckten. Aber all das interessierte ihn nicht mehr. Auf einer Fahrt hatte er sich von einem Bild angezogen gefühlt, an dem der Alte malte, während er an der Stelle des Decks saß, wo

* Koterbrechen infolge von Darmverschluß (Anm. d. Übersetzerin).

das Schwanken seiner Meinung nach am schwächsten war. Das Bild zeigte eine lichtüberflutete Küste mit schwarzen Klippen und einigen grünen Strahlen, die vom Himmel herabkamen. Außerdem waren einige verschwommene Gestalten zu erkennen, bei denen es sich dem Alten zufolge um die heulenden Geister der brasilianischen Küsten handelte. Febriciano stand gerne neben dem Alten, während dieser malte. Leider war das Bild zu schnell fertig, und der Alte stellte fest, daß ihm nichts mehr einfiel, was er malen könnte. Daraufhin schenkte er das Bild Febriciano.

Nun hing es im Vordeck, und wenn Febriciano es betrachtete, dachte er an die Sonntage an Bord und an die Leute, von denen er sich lieber fernhielt. Obwohl dieses Bild für viele das einzige war, das sie in ihrem Leben gesehen hatte, schenkte ihm niemand sonderliche Beachtung. Febriciano jedoch mochte es sehr und hatte vor, es irgendwann mit nach Hause zu nehmen.

An diesem Sonntag machte Febriciano eine Ausnahme und saß seit Mittag im Vorschiff mit Antonio und dem Dicken zusammen. Sie hatten zwei Flaschen Gin, die sie ganz alleine leeren wollten. Aus diesem Grund hatten sie die Tür abgeschlossen. Im Laufe des Nachmittags kam immer wieder jemand herunter und versuchte, sich Eintritt zu verschaffen. Aber sie weigerten sich, aufzuschließen. So waren sie nach einigen Stunden ziemlich angeheitert. Febriciano hatte den altersschwachen Schiffsrevolver hervorgeholt, einen Smith & Wesson, und versuchte plötzlich völlig unvermutet, einem der Geister auf dem Bild den Kopf wegzupusten.

«He, mein Freund, du wirst uns das Dach überm Kopf wegschießen!» rief Antonio, der gemütlich in einer fremden Koje lag.

Febriciano untersuchte den Revolver.

«Ob die Kugeln feucht geworden sind?» fragte er sich.

«Wenn der Schuß losgeht, sind wir geliefert», gab Antonio zu bedenken. «Mit dem Grauen ist nicht gut Kirschen essen.»

«Der bringt es fertig und setzt ihn aus», orakelte der Dicke.

«Sagt das nicht, ich bringe es fertig und beginne zu saufen», grummelte Febriciano, während er aufmerksam den Revolver untersuchte. Die Waffe bewegte sich gefährlich in seinen Händen. Aber unter den Rostschichten rührte sich nichts.

«Na, denn Prost», sagte der Dicke. «Dieses Scheißschiff beginnt zu schwanken.»

Febriciano schoß weiter erfolglos auf die Geister.

«Ich bitte Sie, dieses Betragen zu unterlassen», rief Antonio. Er kabbelte sich oft mit Febriciano. Mit steigendem Alkoholpegel sprachen sie unglaublich gewählt und redeten sich mit Sie an.

Das Schiff schlingerte erneut, und Febriciano stand von seinem Hocker auf und legte sich in die Koje. Er dachte, daß bald alle von Deck herunterkommen würden, daß es rasch dunkel werden würde, und wenn sie am wenigsten damit rechneten, wäre der Sonntag vorbei. Ein weiterer Sonntag auf See.

«Trinken wir noch einen letzten, bevor wir auf den Hund kommen», sagte er, während er dem Dicken die

Flasche reichte. Er verscheuchte einen dunklen Gedanken, der ihm durch den Kopf ging, und dann schwelgte er mit Antonio in Erinnerungen an den Puff von San José, wo die indianischen Huren ihre Schuhe mit Watte ausstopften, damit ihre Füße größer wirkten. Die kleinen Füße waren ein untrügliches Zeichen ihrer Herkunft, die sie um nichts in der Welt preisgeben wollten. Die weißen Huren wollten ebensowenig mit ihnen verwechselt werden und rasierten sich deshalb nicht die Beine. Aber viele Kunden störten sich an den behaarten Frauen und gingen mit den Indianerinnen, an denen von der Scham abwärts kein einziges Haar zu entdecken war. Eine Zeitlang mußte Febriciano regelmäßig das Bordell aufsuchen, weil ihn eine Machaca gestochen hatte und das einzig bekannte Gegenmittel darin bestand, alle zwölf Stunden zu bumsen. Der Dicke war nie dort gewesen, und als er diese Geschichte hörte, packte ihn eine unbändige Lust, mit diesen weißen Frauen zu schlafen, so behaart sie auch sein mochten.

Das Schiff rollte erneut, und Antonio klagte darüber, daß einige Stärke mit Großtuerei verwechselten. Wollten sie ihn provozieren? Wollten sie, daß er seinen Posten aufgab? Also – was zum Teufel wollten sie? Es gab einen, der ihm mit der Zigarette im Mund antwortete, ohne sich von der Koje zu erheben oder von der Zeitschrift aufzusehen. Wollten sie, daß er mit dem Grauen aneinandergeriet?

Vielleicht wollten sie ein fieses Schwein als Bootsmann statt einen Kameraden, vermutete er. Er stellte klar, daß sie sich an Bord eines Kohlentrimmers befänden, nicht auf einem Zerstörer. Aber er habe keine

Schwierigkeiten, Disziplin wie auf einem Zerstörer durchzusetzen, wenn es das war, was sie wollten.

Das Schiff schlingerte noch stärker als die Male zuvor. Antonio verstummte, und Febriciano ließ für einen Moment davon ab, auf die Geister zu zielen.

«Wißt ihr, warum wir so überholen?» fragte er nach einigen Sekunden.

Er bekam keine Antwort.

«Weil wir Vollmond haben», eröffnete er. «Bei Vollmond wiegen die Schiffe nur halb so viel. Manchmal auch ein Drittel.»

Antonio sah ihn verdutzt an. Dann schnaubte er verächtlich.

«So ein Blödsinn», seufzte er, während er streitlustig die Beine aus der Koje schwang. Er war verärgert, weil seine Bemerkungen über die Disziplin keinen Anklang gefunden hatten.

«Schiffe sind immer gleich schwer. Manchmal ist es eine Qual, Ihnen zuzuhören.»

Febriciano brauste auf.

«Das Elend ist, daß Sie es nicht lassen können, uns zu widersprechen.»

«Was hat das mit dem Mond zu tun?» beharrte Antonio.

«Also gut. Ich merke schon, daß Sie keinen verdammten Schimmer von der Schwerkraft haben.»

«Die Schwerkraft? Mein Freund hier und ich könnten Ihnen einen ganzen Abend lang etwas über die Schwerkraft erzählen.»

«Klar doch. Ihr Freund muß ein echter Fachmann sein auf diesem Gebiet.»

«Nur zu, mein Guter. Stellen Sie uns eine Frage.»

Der Dicke roch, daß er gleich in eine schwierige Lage geraten würde, wenn sie ihn zwangen, Stellung zu beziehen. Seine Kumpels waren rechthaberisch und stur, und am Ende setzten sie sich immer durch. Das war schon andere Male so gewesen. Seine Rettung nahte, als ein weiterer Matrose hinunterkam und gegen die Tür hämmerte.

«Macht auf, ihr Arschlöcher!» brüllte er, während er gegen die Tür schlug.

«Der Chilene», flüsterte Febriciano und hörte sich ungerührt das Gehämmer an. Antonio nickte. Nach einiger Zeit zog der Chilene ab.

«Diese Chilenen sind unglaublich», sagte Febriciano. «Sie finden immer einen Weg, dir auf die Eier zu gehen. Jetzt wird er dem Grauen petzen, daß wir hier einen bechern.»

«Ich finde, es sind nette Leute», bemerkte der Dicke.

«Vorsicht, Dicker, der Herr mag es nicht, wenn man ihm widerspricht», sagte Antonio eingeschnappt.

Febriciano beschloß, ihn zu ignorieren. Er zielte erneut auf die Geister und kniff dabei ein Auge zu. In Wirklichkeit dachte er über eine angemessene Erwiderung nach. Aber da ihm nichts einfiel, tat er so, als schliefe er. Nach einigen Sekunden machte ihn sein Mangel an Fantasie wütend. Er sprang auf und drückte so oft auf die Geister ab, daß sich schließlich ein Schuß löste, der bis in den letzten Winkel des Schiffes hallte.

Der Dicke starrte erstaunt auf das Loch, das in einem der Geister klaffte.

«Na, prima», seufzte er. «Jetzt sind wir wirklich angeschissen.»

In diesem Moment brach ein wildes Durcheinander auf der anderen Seite der Tür los. Diesmal waren es mehrere, die sich Zutritt verschaffen wollten, aber der Chilene war unter allen herauszuhören. Antonio bot Febriciano einen Schluck Gin an. Die Bedrohung von außen hatte sie wieder versöhnt.

«Was denken Sie, was sie mit uns tun werden?» fragte Antonio.

Febriciano nahm einen tiefen Schluck. Dann wiegte er den Kopf.

«Ich weiß nicht. Ist 'ne heikle Sache, das Ganze.»

Der Dicke sah sie bestürzt an. Offenbar warf sich jemand von der anderen Seite gegen die Tür. Aber die Bretter hielten stand.

«Vielleicht ergeht es uns wie dem Steuermann des Schoners *Camargo*. Erinnern Sie sich an den Schoner *Camargo*?»

«Der, der nach Bachicao fuhr?»

«Ja.»

«Ich erinnere mich genau.»

«Also, der Alte hatte eine Papageiensammlung, und eines Morgens waren sie vergiftet. Daraufhin fesselte der Alte den Steuermann, den er im Verdacht hatte, an den Mast und gab ihm zwölf Tage lang seine Papageien zu essen, einen pro Tag.»

Draußen wurde darüber diskutiert, wie man die Tür aufbekommen könne. Der Chilene war dafür, sie mit der Axt einzuschlagen. Schließlich beschlossen sie, keine neuen Sachen anzufangen, und warfen sich weiter dagegen. Nach unzähligen Versuchen gaben die Scharniere nach, und nach einem letzten Krachen fiel die Tür mit lautem Getöse zu Boden. In der Öffnung erschien mit wahnwitziger Miene der Chilene, eine Feueraxt schwingend.

«Wir sind reingekommen, seht ihr?» keuchte er atemlos. «Seht ihr, wir sind drin!»

Febriciano wischte sorgfältig den Flaschenhals ab, bevor er einen Schluck nahm.

«Na, wunderbar», sagte er. «Und dabei habt ihr die Tür gleich mitgenommen.»

VIII. Mann über Bord

Der Graue schlief mit dem Verdacht ein, daß ihm bei der astronomischen Berechnung ihrer Position ein Fehler unterlaufen war, und fand deshalb keinen Augenblick ruhigen Schlaf. Er wälzte sich unentwegt unter seiner Lamahaardecke herum, hatte Schweißausbrüche, und um Mitternacht, kurz bevor er aufwachte, träumte er von einem Wal, der sich in der Ankerkette verfangen hatte und sie in die Bucht von Candelaria zog. Er schlug die Augen auf, lauschte auf die Geräusche des Wassers und kam zu dem Schluß, daß alles normal und der Seegang nicht stärker geworden war. Dennoch beschloß er, seine Berechnungen zu überprüfen.

Seine Frau murmelte «Mein Liebster», als er die Lampe anzündete, drehte sich um und schlief weiter, eine Hand an die Wange geschmiegt, wie damals, als sie in der Calle Unquera gelebt hatten. Damals waren beide acht Jahre alt gewesen, und für sie war der Graue der interessanteste Junge, den sie je kennengelernt hatte. Auch heute noch fand sie, daß er ein interessanter reifer Mann war und daß es die Mühe wert war, mit ihm zu leben.

Während der nächsten Stunde arbeitete der Graue am Navigationstisch, wo er seine Berechnungen vom Vortag überprüfte. Er fand ein gewisses Vergnügen daran, wenn er die Bleistifte anspitzte und seine geliebten Zahlen notierte. Er verwandte sehr viel Sorgfalt auf die Additionen und Subtraktionen, wie kritisch die Lage des Schiffes auch sein mochte. Aber bei schlechtem Wetter war es eine verflixte Arbeit, und es war unmöglich, die Zahlen aufzulisten oder sich auch nur neben dem Tisch auf den Beinen zu halten.

Auf diesem Schiff war die Fahrtroute kein Geheimnis und wurde mit Bleistift sorgfältig in eine Karte eingezeichnet, die mit Reißzwecken auf dem Navigationstisch befestigt war. Auf anderen Schiffen war die Route geheimnisumwittert, und dieses Geheimnis zu pflegen stärkte die Autorität des Kapitäns. Auch das Barometer war normalerweise nicht sichtbar angebracht, denn im Süden fiel es oft beängstigend tief und demoralisierte die Mannschaft.

Die Route, die der Graue eingezeichnet hatte, war eine Zickzacklinie mit zahlreichen Anmerkungen, die das jeweilige Datum und die Uhrzeit seiner astronomischen Beobachtungen festhielten. Manchmal stellte sich Nicolás verstohlen in die Kajütentür und verfolgte aufmerksam seine Berechnungen, bis er die neue Position bestimmt hatte. Dieses Interesse hemmte den Grauen, der häufig dachte, daß sein Zuschauer ein wenig mehr verdient hätte als diese nichtssagenden Berechnungen, die er in ein altes Rechnungsheft eintrug.

Nicolás blätterte gerne im nautischen Jahrbuch, während er ihm Gesellschaft leistete. Der Graue traute sich nicht, ihn zu fragen, ob ihm diese ausschließlich mit Zahlen gefüllten Seiten etwas sagten. Er hatte den Verdacht, daß er nicht lesen konnte, und einmal spielte er mit dem Gedanken, ihm ein illustriertes Buch anzubieten. Aber er kam zu dem Schluß, daß er es als Beleidigung auffassen könnte. Nicolás wartete zunächst in der Tür, bis der Graue ihn hineinbat, und dann nahm er sich selbst das Jahrbuch aus dem Kasten. Er studierte es in einem Winkel stehend, ohne eine Miene zu verziehen, und blätterte immer wieder die Seite um. Er konnte zwei Stunden so verbringen, bis er das Buch vorsichtig zuschlug und es an seinen Platz legte. Der Graue forschte in seinen Augen nach einem Zeichen des Verstehens. Er war gerne in Nicolás' Gesellschaft, und immer wenn er das Jahrbuch benutzte, dachte er an ihn. Wenn Dolores in der Kajüte war, grüßte Nicolás mit einem Kopfnicken und ging.

Der Graue zirkelte einen Abschnitt von vierzig Meilen ab und fügte ihn an ihre Route an. Das war die Entfernung, die sie in den letzten zwölf Stunden zurückgelegt hatten. Am Ende der Linie notierte er Datum und Uhrzeit und zeichnete einen Kreis darum. Er stellte fest, daß sie sich fast an der Spitze des Kontinents befanden. Aber er hatte vor, noch ein wenig weiter nach Süden zu segeln, um sich so weit wie möglich vom Land zu entfernen. Dann würden sie Kurs auf den anderen Ozean nehmen und auf jene Pazifikwinde treffen, denen er mit großer Angst entgegensah.

Er fand, daß es Zeit war, an Deck zu gehen.

Der Dicke stand am Ruder. Er schlotterte in der morgendlichen Kälte und quittierte sein Erscheinen mit einem Lächeln, in der Gewißheit, daß es einen Schluck bedeutete. «Terpentin oder Sprit?» fragte ihn der Graue, während er seinen doppelten Flachmann hervorzog. «Ein bißchen Terpentin, Señor», antwortete der Dicke. Daraufhin wählte der Graue das Fläschchen mit dem Zuckerrohrschnaps, und zu zweit tranken sie es zur Hälfte aus. In der anderen Flasche war Cognac.

«Auf Ihr Wohl, Señor.»

«Ich konnte nicht mehr schlafen. Ob sich das Wetter hält?»

«Ich glaube nicht, Señor. Es ist nicht mehr weit bis zum Kap.»

«In zwei Tagen können wir wenden.»

«Auf dieser Höhe gehen mir immer die Nerven durch. Vor 'ner Weile habe ich an das französische Kriegsschiff gedacht, daß uns letztes Jahr den Gruß verweigert hat, als ich auf der *Desdichado* fuhr.»

«Die Franzosen sind ziemlich arrogant.»

«Was hätten Sie getan, Señor?»

«Ich weiß nicht. Sicherheitshalber werden wir kein französisches Schiff grüßen.»

«Mein Bruder hat auf einem gearbeitet. Der Kapitän hat sich nur von seiner Frau rasieren lassen, nachdem er erfahren hat, daß sie ihm mit dem Rasiermesser die Kehle durchschneiden wollten.»

«Ich hab sowas gehört. Es war die *Almendral.* Auch ein Kohlentrimmer.»

Aber der Dicke wollte nicht über die *Almendral* sprechen, sondern über seine Familie, und in seinen Augen stand bereits der Ausdruck dessen, der bald das Kap umsegeln wird und vorher seine Seele erleichtern will. Von allen Besatzungsmitgliedern war er der einzige, der das Kap kannte, und das war der Grund gewesen, warum der Graue ihn mitgenommen hatte. Aber vielleicht hatte es sich nicht gelohnt.

«Ich bin froh, daß die Señora an Bord ist. Alle hier schätzen sie.»

«Sie mag euch auch.»

«Ich habe keine Frau.»

Da der Graue keine Antwort darauf wußte, fuhr der Dicke fort:

«Ein anderer Bruder von mir hat sich umgebracht. Er hat eine halbe Büchse *Manchester* geschluckt. Aber der ist nicht gerne zur See gefahren.»

«Dein Vater schon.»

«Mein Vater ja. Habe ich Ihnen das schon erzählt?»

«Ein anderes Mal, als wir uns unterhalten haben.»

«Vielleicht habe ich Ihnen auch das von meinem Bruder erzählt ...»

«Nein. Das wußte ich nicht.»

Der Dicke dachte kurz an seinen Bruder und dann an das Alter des Grauen.

«Sie könnten mein Vater sein, nicht wahr, Señor?»

«Ich glaube schon. Ich bin ziemlich alt.»

«Vielleicht sind Sie einmal mit meinem Vater gefahren. Er war viele Jahre auf der *Vampiro.* Als er zum ersten Mal den Äquator überquerte, haben sie ihn an einem Tau unter dem Kiel durchgezogen. Das war damals so Sitte. Hat man das mit Ihnen auch gemacht?»

«Nein. Aber man hat mich durch ein Fernglas schauen lassen, vor dessen Linse ein Haar befestigt war, und mir gesagt, das wäre der Äquator.»

«Es hat sich vieles geändert.»

«Ja. Einige Dinge waren besser als heute.»

«Bei Febriciano sind alle Flöhe gestorben, als er den Äquator überquerte.»

«Wirklich?»

«Das behauptet er.»

«Es werden viele Geschichten erzählt über den Äquator und die Flöhe.»

«Ist Ihnen aufgefallen, daß sie nie an die Schamhaare gehen?»

«Und Filzläuse befallen nie den Kopf.»

«Was für ein erstaunlicher Instinkt, nicht wahr?»

«Das liegt in der Natur dieser Tiere.»

«In der Natur gibt es wunderbare Dinge.»

«Ja. Gib acht auf den Kurs.»

«Jawohl. Spielt der Kompaß verrückt?»

«Nein. Das ist wegen dem Pol.»

«Dann zeigt die Nadel nach unten.»

«Genau.»

«Señor, ich wollte Sie schon lange mal was fragen. Angenommen, man ist am Südpol und will in Richtung Süden ... wo muß man dann hin?»

«Verdammt noch mal, Dicker. Du stellst Fragen.»

Gegen Mittag befanden sie sich in entfesselter See, und alle zogen ihr Ölzeug über. Der Sturm trieb das Schiff vor gischtschäumenden Wellen her, die es immer wieder einholten und über das Heck schlugen. Dann wieder hoben sie das Schiff empor und schleuderten es wütend in den Abgrund. Das Schiff stürzte in die Tiefe, und es schien, als könnte es sich trotz allen Bemühens nicht mehr fangen und würde sich kopfüber in die See bohren, bis es auf dem Meeresgrund zum Stillstand kam. Aber im letzten Moment geschah etwas mit ihm, sein wundervoller Bug hob sich wie eine Hundeschnauze und wartete witternd, fast ängstlich, auf die nächste Welle. Dem Schiff wurde so zugesetzt, daß es sich davon nicht mehr erholte. Alle kreuzten die Finger, damit Gott Febriciano beistehen möge und dieser nicht die Gewalt über das Ruder verlor. Der Graue dachte, daß sie bald Breiten erreichen würden, wo man den Rudergängern verbot, sich umzublicken, damit sie nicht über die Höhe der Wellen erschraken, und daß dies ein furchtbares Erlebnis sein mußte.

Antonio hatte ihm zugebrüllt, daß das Meer nicht mehr schlimmer werden könne, als es war. Aber es wurde schlimmer. Das Schiff rollte furchtbar, und seine gewaltigen Masten aus Marienholz vibrierten wie die Saiten einer Gitarre. Der Graue war froh, daß er nur ein kleines Sturmsegel stehengelassen hatte. Er hatte sich geschämt, als er die übrigen Segel einholen ließ, so unbeweglich, wie sie seit elf Uhr in einer Flaute festgelegen hatten. Aber niemand hatte etwas zu sagen gewagt, und einige hatten besorgt nach Südwesten geblickt.

Dann war heulend der Sturm losgebrochen, das Schiff hatte sich nach backbord geneigt, und die Seeleute, die sich nicht entsprechend festgeklammert hatten, wurden über das Deck geschleudert. Der Mast hatte sich bedrohlich geneigt, und für einige Momente hatte es so ausgesehen, als schliefe das Schiff. Aber dann hatte es sich wieder aufgerichtet und sich mühsam durch die Wellen gekämpft, die sich binnen Sekunden auftürmten.

Am Anfang hatte der Graue nervös das einzige Segel beobachtet, das er stehengelassen hatte, während er jeden Augenblick darauf wartete, daß es in Fetzen davonflog. Ihn schauderte bei der Vorstellung, daß jemand in die Masten mußte, um es zu ersetzen. Aber das Segel hielt sehr gut, und kurze Zeit später machten sie annehmbare Fahrt durch den tosenden Sturm, dankbar dafür, daß der Graue einen siebten Sinn hatte, der ihm voraussagte, welche Entscheidungen er treffen sollte, und durch den sie das Unwetter mit fast vollständig eingeholten Segeln angetroffen hatte.

Gegen vier nutzte der Graue eine kurze Sturmpause, um in seine Kajüte hinunterzugehen. Ihm bot sich ein verhehrender Anblick: der hohe Seegang hatte die Türen der Schränke aufgerissen, und all seine Habseligkeiten lagen auf dem Boden verstreut, die Kleider, die Karten, zerbrochene Flaschen, die Bücher und die nautischen Instrumente. Immer wieder schwappte Wasser durch ein zerbrochenes Bullauge. Dolores, die mit einem Seil an der Zugöse eines Schotts festgebunden war, sammelte mit einer bitteren Geste die Gegenstände ein. Man sah, daß sie kurz vor dem Heulen war. Aber sie verlor nicht die Fassung, selbst dann nicht, als sie aus einer Pfütze das Fotoalbum zog, aus dem Cognac und Glasscherben tropften. Der Graue kniete sich neben sie, und gemeinsam arbeiteten sie eine lange Zeit, ohne ein Wort zu sagen, bis die Kajüte wieder in Ordnung gebracht war.

Als sie fertig waren, stellte sie fest, daß der Graue dabei war, seekrank zu werden, und sie dachte, daß er wohl den ganzen Rest des Sturms in dieser Verfassung durchstehen mußte. Er tat ihr unendlich leid. Aber sie ließ sich nichts anmerken, und bevor er wieder an Deck ging, holte sie seine breite schwarze Binde und wickelte sie ihm um den Leib, damit die Erschütterungen ihm nicht länger den Magen umkehrten. «Mein armer, alter Liebling», dachte sie, während sie ihn so einpackte. Der Graue war gelb im Gesicht, und wahrscheinlich tat ihm auch seine arthritische Schulter weh. Sie fragte sich, ob es richtig war, daß ein Mann in seinem Alter gezwungen war, ein weiteres Mal an Deck zu gehen, um eine der schlimmsten Erfahrungen zu machen, die es gab. Später würde er sich wie immer brüsten. Jetzt aber sah er krank aus und in Sorge über das, was ihn oben erwartete. Er strich ihr eine Haarsträhne hinters Ohr, und so trennten sie sich zum dritten Mal an diesem Tag.

Dolores streckte sich auf ihrer Pritsche aus, legte die Sicherungsleine an und schloß die Augen. Sie wurde nie seekrank, und sie fragte sich oft, ob das normal war. Ein einziges Mal, während ihrer Schwangerschaft, hatte sie sich auf einem Schiff ein wenig unwohl gefühlt. Damals hatte der Graue ein kleines Segelboot besessen, und sie hatte noch geglaubt, daß ihr das Leben auf See gefalle. Im Sommer segelten sie abends in der Bucht von Candelaria. Gemeinsam mit einem Freund fuhren sie auch Regatten.

Dolores war bis zum sechsten Monat ihrer Schwangerschaft bei den Regatten dabeigewesen, und kaum war ihre Tochter auf der Welt, segelten sie wieder zu viert. Wenn sie nachts draußen waren, lag die Kleine in einer Wiege auf dem Boden der Plicht, und sie schliefen auf den Ruderbänken. Einmal war der Freund während eines wilden Alptraums mit voller Wucht auf die Wiege gefallen, und alle hatten geglaubt, er hätte die Kleine umgebracht. Von da an legten sie es in die Werkzeugkabine im Bug. Während der Regatten rannten die beiden Männer wie Verrückte auf dem Boot hin und her, schrien sich heftig an und bedienten die Segel. Wenn sie ein anderes Boot überholten, feierten sie das mit großen Mengen Zuckerrohrschnaps. Normalerweise waren sie nach jeder Regatta ziemlich angeheitert. Die Segel waren alt und geflickt und vor allem so aus der Form geraten, daß es ein Ding der Unmöglichkeit war, gegen den Wind zu segeln. Bei ordentlichem Wind hingegen flogen sie über das Wasser, was frustrierend war für die Besitzer der weißen Yachten, die hinter ihnen her segelten. Damals waren Dolores und der Graue siebzehn Jahre alt, sie waren jung und glücklich, sie lebten in der Calle Unquera und hatten eine kleine Tochter, die immer lächelte und in die sie hoffnungslos vernarrt waren.

Als der Graue wieder nach oben kam, schäumte das Meer wie Bier, und es gab nicht das geringste Anzeichen dafür, daß es sich beruhigen würde. Er erschien in einem ungünstigen Augenblick, als gerade eine Welle über das Deck brach. Mehrere Tonnen Wasser hoben ihn hoch und schmetterten ihn gegen die Reling. Ein Pfosten hatte sich in seinen Rücken gerammt. Er war wütend über den Sturz und wollte aufstehen, aber der Schmerz hielt ihn zurück. Er überlegte, ob er sich das Rückgrat gebrochen hatte. Pepe Arriagadas nackte Füße tauchten neben ihm auf, und der Graue spürte, wie eine erfahrene Hand seinen Körper abtastete. Das Schiff holte weiter über, und wie durch eine Nebelwand sah er, wie sich Pepes Zehen Vogelkrallen gleich an den Decksplanken festklammerten. Der Graue kannte diese Füße genau und staunte immer wieder, wie gewandt ihr Besitzer sie einsetzte, wenn er in die Masten aufenterte oder an Deck das Gleichgewicht hielt. Eine neue Welle schlug über ihm zusammen, während Pepe ihm zurief, daß er sich nichts gebrochen habe und einige Minuten ruhig liegenbleiben solle. Der Graue spürte, daß das Wasser in seinen Kleidern genauso heftig floß wie außen. Er klammerte sich an eine Want, lehnte die Stirn gegen seinen Arm und hielt die Augen halb geschlossen. Wenn man auf dem Deck lag, war die Wirkung des Sturms plötzlich eine ganz andere, denn nun übertönte das Tosen des Meeres das Heulen des Windes. Der Schiffsrumpf ächzte, als wollte er gleich auseinanderbrechen. Der Graue lebte mit seinem Schiff und wußte, daß es nicht gut war, in es hineinzuhorchen. Selbst in stillen Nächten konnte ihn das beunruhigen. In Candelaria schlief er häufig an Bord, um herauszufinden, ob die Holzwürmer an ihm nagten. Am Anfang verwechselte er sie mit den Fischen, die die Algen vom Rumpf fraßen, aber dann lernte er, das leise Nagen der Holzwürmer herauszuhören, wenn sie ihre Gänge durch die Planken bohrten. Im Laufe der Zeit tauschte er viele Planken aus, aber er fragte sich immer, ob die Holzwürmer noch an Bord waren und das Schiff zerfraßen.

Über ihm gab es einen Knall, und der Graue begriff, daß das Segel weggeflogen war. Sofort stellte sich das Schiff quer zu den Wellen. Durch die Verringerung der Geschwindigkeit ließ das Heulen des Windes nach, aber das Schwanken wurde unerträglich. Nun nahm das Schiff die Wellen seitlich, und der Graue dachte, daß er es schnellstens aus dieser Notlage herausbringen mußte.

Er raffte sich auf, so gut er konnte, und seine Augen begegneten Pepe Arriagadas verzweifeltem Blick. Totenbleich und erschöpft klammerte er sich an ein Spill. Er ahnte bereits, daß der Graue ihn nach oben schicken würde. Plötzlich packte ihn eine blinde Wut auf sein unvermeidliches Schicksal. Er hatte immer gewußt, daß ihn irgendwann bei diesen Kletterpartien der Mut verlassen oder ein Schwanken des Mastes ihn fünfzig Meter davonschleudern und im Meer versenken würde.

Das Schiff hatte dem Sturm nichts mehr entgegenzusetzen, und alle fünfzehn Sekunden fegte erbarmungslos eine Sturzflut über das Deck hinweg. Sämtliche Besatzungsmitglieder klammerten sich irgendwo fest, und in ihren Augen begann der düstere Blick des Unglücks aufzuschimmern. Der Graue war sehr beunruhigt über die Situation, aber er wollte Pepe Arriagada nicht zwingen. Er überlegte, ob es einen anderen gab, der ihn ersetzen konnte.

Pepe blickte nach oben und dachte, daß er diesmal nicht auf den Schutz der Segel zählen konnte. Der Aufstieg war immer schwierig, aber wenn das Schiff unter Segeln stand, wußte man, daß man früher oder später die wunderbare Windstille erreichen würde, die hinter den Segeln herrschte.

Er kroch zu den Webeleinen und begann aufzuentern. Jeder noch so unbedeutende Muskel arbeitete koordiniert, keiner davon bewegte sich, solange ihm nicht die Unterstützung der übrigen sicher war.

Auf halbem Wege wurde das Schwanken so arg, daß Pepe mehr und mehr der Mut verließ, bis er den Fehler machte innezuhalten. Er hing wie gelähmt in den Seilen und überlegte, daß es nun ebenso schwierig sein würde weiterzuklettern, wie stehenzubleiben oder abzuentern. Er hatte das Gefühl, daß er abstürzen würde, wenn er auch nur einen Finger rührte. Er glaubte, von unten jemanden rufen zu hören, aber er wagte nicht hinzusehen. In diesen Augenblicken empfand er nichts als Angst, seine Würde war ihm egal.

«Wenn ich nach unten schaue, bin ich erledigt», dachte er. Er schätzte, daß ihm noch zwei Meter nach oben fehlten. «Ich werde nicht hinuntersehen», sagte er sich, den Mund gegen die geteerten Taue gepreßt. Aber seine Augen richteten sich unweigerlich nach unten. Der Anblick ließ ihn schaudern.

So auszuharren, war schlimmer als alles andere, und so beschloß er weiterzuklettern. Kurz darauf balancierte er über die Parden, den Bauch gegen die Spiere gepreßt. Er löste langsam die Knoten, die das Segel hielten. Seine Finger waren steif vor Kälte, und die Knoten waren sehr fest. Das Tuch war gefroren, und es war, als machte man sich an einem harten Stück Leder zu schaffen. Plötzlich waren seine Nägel blutig.

Jetzt stand Pepe freihändig. Nur sein Bauch war angelehnt, und er war überrascht, daß er sich dort halten konnte. Er tat die Arbeit von mehreren Mann in fünfundzwanzig Metern Höhe, auf einem Seil von zwei Zentimetern Durchmesser stehend, das sich wand wie eine Schlange. Schließlich faltete das Segel sich auf und flatterte wild im Wind, bis die unten es dichtholten.

Niemand an Deck bemerkte, daß Pepe Schwierigkeiten beim Abentern hatte. Dank des Segels hatte das Schiff wieder Fahrt aufgenommen und holte weniger stark über. Jetzt waren die Dinge leichter für alle. Dennoch durchzuckte den Grauen eine Vorahnung, und er blickte gerade rechtzeitig nach oben, um ihn davonfliegen zu sehen wie einen Vogel, wie er es immer befürchtet hatte. Pepe flog geräuschlos über ihre Köpfe hinweg und versank hinter dem Schiff im Meer. Alle waren mit den Augen der langen Kurve gefolgt, die er beschrieb, entsetzt, daß es schließlich passiert war.

Der Graue packte verzweifelt einen Rettungsring und warf ihn ins Kielwasser.

«Beidrehen! Beidrehen!» rief er.

Febriciano kämpfte mit dem Ruder, bis ihm die Farbe aus dem Gesicht wich.

«Ich kann nicht ...!» schrie er zurück.

Zwei Männer rannten herbei, um ihm zu helfen, und klammerten sich ans Ruder, das ächzte, als würde es in Stücke zersplittern.

Pepes Kopf erschien an der Oberfläche. Er folgte ihnen, und der Graue begriff, daß er die Logleine zu packen bekommen hatte, die das Schiff hinter sich herzog. Aber durch die Reibung des Seils entstand eine enorme Hitze, und in einigen Sekunden würde es ihm die Hände verbrennen. Sein Kopf begann sich zu entfernen. Offenbar hatte Pepe losgelassen.

«Lassen Sie mich nicht zurück, Kapitän!» schrie er.

«Dreht bei, um Gottes willen!» brüllte der Graue.

«Lassen Sie mich nicht zurück!»

Aber es war offensichtlich, daß das Schiff nicht beidrehen würde. Die Männer am Ruder fluchten, und jeder Schrei von Pepe zerriß ihnen das Herz.

Dolores hörte die Schreie in der Kajüte und wußte,

daß sie einen Mann verloren hatten. Sie kam zu dem Schluß, daß sie nichts anderes tun konnte als beten. Dann zog sie mühsam das Ölzeug über. Als sie an Deck kam, war schon einige Zeit vergangen, und ihr blieb der Anblick der Albatrosse erspart, die in einiger Entfernung gierig nach unten stießen, genau dort, wo Pepe gegen die Wellen kämpfte.

IX. Westwind

19. Januar

Sechster Tag Sturm. Der Südwestwind läßt nicht nach und treibt uns nach Süden. Vielleicht werden wir bald auf Eis treffen. Vom Kap keine Spur.

20. Januar

Heute konnte ich die Sonnenhöhe nehmen. Vier Mann mußten mich stützen, damit ich das Gleichgewicht halten konnte. In diesen nebligen Gewässern ist die Sonne ein seltener Gast, und es ist mühsam, sie auf dem Spiegel des Sextanten einzufangen. Niemand mehr erträgt das Schwanken des Schiffes. Dolores, die kerngesund war, hat wieder diese Beschwerden. Jedesmal wenn ich in die Kajüte hinunterkomme, hält sie sich den Leib. Meine Frau ist tapfer und verliert kein Wort darüber. Unter den Männern habe ich Gott sei Dank keine Kranken, auch wenn einige sehr verängstigt wirken.

21. Januar

Febriciano und Antonio sagen, daß es ein Irrsinn ist, gegen den Sturm anzukämpfen, und schlagen vor, Kurs auf die Malvinen zu nehmen. Ich glaube, der Sturm wird bald abflauen. Ich habe darauf beharrt, daß wir bei der Gewalt des Sturmes nicht umdrehen können. Überhaupt haben sie keine klaren Vorstellungen. Sie wissen nicht, was die beste Entscheidung ist. Wenn der Sturm anhält, werde ich auch das Essen rationieren müssen. Ich hoffe, daß es nicht dazu kommt, denn die Leute werden launisch, wenn so etwas eintritt.

22. Januar

Um den Frieden zu wahren, drücke ich bei einigen Fehlern die Augen zu und klopfe ihnen auf die Schulter. Schulterklopfen und Arschtritte, das erzielt normalerweise immer seine Wirkung. Wir werden sehen, wie lange. Antonio hingegen hält weiterhin seine Predigten. Wenn es ein Problem mit jemandem gibt, geht er mit ihm nach unten und wäscht ihm den Kopf. Antonio redet wie ein Lehrer und weiß sich der Sprache wirklich zu bedienen. Er findet immer die besten Worte, um ihnen ihre Fehler vor Augen zu führen, und das so anschaulich, daß sie am Ende ganz zerknirscht sind. Den größten Erfolg hat er bei dem Dicken, der einer der Einsichtigsten ist. Das Problem ist, daß Antonio seine eigenen Vorträge zu Herzen gehen und er am Ende Mitleid hat mit den Gescholtenen. Er hat viele gute Freunde unter der Besatzung. Das kompliziert die Dinge: Ein Bootsmann, der so viele Freunde hat, kann kein guter Bootsmann sein.

23. Januar

Eine Welle von Bug hat die Kombüse verwüstet und Nicolás gegen das Bett des Dicken geschleudert. Zu diesem Zeitpunkt schliefen alle, und der Dicke hat ein großes Geschrei veranstaltet. Niemand kann sich erklären, wie Nicolás die fünf Meter zwischen seiner Koje und dem Bett geschafft hat, ohne einen Kratzer abzukommen.

24. Januar

Wie haben sie es angestellt, soviel Wein an Bord zu bringen? Wenn die Zustände sich verschlimmern, werde ich Alkoholverbot erteilen. Bis jetzt habe ich den Mund gehalten, weil ich merke, daß die Männer unter diesen Umständen Trost nötig haben. Seit mehreren Tagen haben wir die Kombüse nicht mehr benutzt und segeln mit geschlossenen Schotten. Das Leben hier unten ist so elend wie das an Deck. Abends habe nur ich das Recht, aufgrund meiner Aufgaben als Navigator ein Licht angezündet zu lassen. Deshalb versuche ich mich zu beschränken. Ein Feuer wäre viel schlimmer als das schlechte Wetter.

25. Januar

Es gibt keine Überraschungen mehr bei diesem Sturm, der seine Angriffe mathematisch genau dosiert. Immer liegt eine Viertelmeile zwischen einer Welle und der nächsten, und das ist so unabänderlich wie die Ewigkeit. Alle fünfzehn Sekunden muß das Schiff ein neues Gebirge erklimmen, oder es wird unter ihm begraben. In diesem Fall geht eine Sturzflut über Deck, und ich nehme an, daß für Augenblicke nur die Masten zu sehen sind. Die See schäumt, die Sonne zeigt sich nicht am Himmel, und es heult ein Wind, wie ihn noch nie jemand von uns gehört hat.

26. Januar

Wir hatten Windstille bis Mittag. Endlich konnten wir die Kombüse benutzen, danach legten wir uns zum Schlafen an Deck. Aber wenn sich Febricianos Haar kräuselt, ist das trockene Wetter nie von Dauer. Am Nachmittag begann es zu regnen.

27. Januar

Wir sind in der Nähe des Kaps. Das gute Wetter ist zurückgekehrt, der Wind weht aus Nordost, und alle kreuzen die Finger. Der Dicke hat einen Wal gesehen, der in Richtung Norden zog. Er hält es für ein schreckliches Vorzeichen.

28. Januar

Im Morgengrauen, wir hatten bereits die Diego-Ramírez-Inseln in Sicht, überraschte uns ein Sturm von West, der Schnee brachte. Über drei Stunden haben wir alle an Deck geschuftet. Leider mußten wir nach Süden abdrehen. Wieder treiben wir irgendwohin.

29. Januar

Der Sturm von gestern dauert an. Das Leben unter Deck ist die Hölle. Alle fünf Minuten öffnet sich ein Schrank, und alles rollt auf den Boden. Dolores kümmert sich nicht mehr darum, was bedeutet, daß es ihr sehr schlecht geht. Sie drohte mir damit zu sterben, und ich bat sie, doch zu warten. Ich erinnerte sie daran, daß alte Leute sich selten überleben. Das hatte sie einmal behauptet, als wir jung waren und über solchen Unsinn spekulierten, wer zuerst sterben würde und wie es der andere ertragen würde. Diese Art von Gesprächen, die das Glück diktiert.

30. Januar

Wenn der Wind wenigstens konstant wäre. Aber er ist heimtückisch, daran besteht kein Zweifel. Heute war es folgendermaßen: vom frühen Morgen an zwang uns ein starker Wind, Segel einzuholen, bis uns die Arme abfielen. Gegen Mittag flaute er ab, eine Brise aus Nordost versüßte uns das Leben und gab uns die Illusion, daß wir bald aus diesem Schlamassel herauskommen würden. Aber am Nachmittag kam erneut ein Sturmwind der Stärke 8 auf, als wir wieder unter vollen Segeln fuhren.

31. Januar

Wir driften weiter in Richtung Pol.

1. Februar

Wie soll man die Winde nennen, die hier wehen? Ich blättere in diesem Journal und finde es durchsetzt mit Begriffen wie «furchtbare Sturmböen» und «entsetzliche Sturmwinde». Mir beginnen die Adjektive auszugehen. Ab einem gewissen Punkt sind Adjektive bedeutungslos, denn es wird kaum jemanden geben, der einen Wind von 140 Stundenkilometern von einem Wind mit 160 Stundenkilometern unterscheiden kann. Nur der Seegang verschlimmert sich. Aber in einem bin ich mir sicher: die Wellen, die wir heute gesehen haben, waren nicht von dieser Welt.

2. Februar

Wind aus West, zur Abwechslung. Die See ist weiterhin aufgewühlt, und wir fragen uns, wie lange das Schiff durchhalten wird. Von Zeit zu Zeit biegt es sich, als stieße es auf Grund.

3. Februar

Sturm aus Südwest mit starkem Regen. Seit neun Tagen haben wir keine Sonne mehr gesehen. Heute Nacht hat sich Nicolás verletzt.

Febriciano bringt uns mit seinen Schilderungen von Brasilien zum Staunen. In seinen Geschichten wimmelt es von Vögeln mit herrlichen Klauen und Muscheln mit Schalen von einem Meter Durchmesser, die in den Kirchen als Weihwasserbecken dienen. Der Urwald reicht bis an den Strand, und nachts schläft man nackt im Sand. Mit etwas Glück liegt eine Mulattin darunter.

Diese Märchen sind gut, um am Leben zu bleiben. Im Augenblick haben sie die Gespräche über das Essen verdrängt, die zuvor die Liste unserer Lieblingsthemen angeführt hatten.

4. Februar

Nicolás hat einen weiteren Finger verloren. Er hat den Tag damit verbracht, in der Koje zu liegen und auf den blutigen Verband zu starren. Er leidet sehr und sagt, daß er lieber gestorben wäre. Das Schlimme ist, daß er nach oben kommen muß, sobald es nötig wird.

5. Februar

Nachmittags starke Sturmböen aus Nordost.

6. Februar

Windstille bei bewegter See. Das Schiff schüttelt sich wie ein räudiger Hund.

7. Februar

Wieder Südwestwind. Antonio drückt sich bei den Wachen vor dem Aufstehen. Ich habe den Eindruck, daß er Angst hat. Mit dem Sturmsegel, das heute nacht davongeflogen ist, haben wir bereits ein Dutzend Segel verloren. Die Ruderwache hält es nicht länger als fünfzehn Minuten auf ihrem Posten aus.

8. Februar

Wir treiben hin und her (war es ein Fehler, nicht die Malvinen anzulaufen?). Heute hatten wir von allem: Windstille, Regen, Schnee und Orkanböen. Alles außer Sonne.

9. Februar

Ich bin plötzlich vor Erschöpfung an Deck zusammengebrochen, und man mußte mich in die Kajüte bringen. Es war ein trauriges Schauspiel. Dolores hat nichts dazu gesagt. Aber gestern gab sie mir die Schuld an der Situation und sagte, daß man in einem gewissen Alter seine Träume begraben sollte.

Schiffe und Frauen werden nie zusammenpassen.

10. Februar

Wir haben ein Licht in der Nacht gesehen. Diese Dinge bewegen einen inmitten einer solch gewaltigen Einsamkeit. Nicolás sagt, daß die Leute aus dieser Gegend die Schiffe zu den Klippen lockten, indem sie eine Fackel an die Hörner einer lahmen Kuh banden. Nicolás zufolge entsteht so der Eindruck, als handelte es sich um ein anderes Schiff. Aber niemand glaubt, daß es hier Kühe gibt.

Nach einer Weile verlor sich das Licht im Nebel.

11. Februar

Seit neun Stunden Sturm bei einem Luftdruck von 741. Gegen Morgen werde ich das Ruder übernehmen.

Es gibt kein unbehaglicheres Gefühl, als bei Sturm um Mitternacht wachzuliegen, um das Ruder zu übernehmen. Man liegt warm und weich in seiner Koje wie im Mutterleib, denn wahrscheinlich ist man mit der feuchten Kleidung unter dem Ölzeug ins Bett gegangen, und nach ein paar Stunden haben einen die Decken schön gewärmt, und man beginnt friedlich zu träumen. Kurz bevor man aufwacht, träumt man womöglich von einer Frau, die man begehrt und mit der man vielleicht gerade ins Bett gehen will. Wenn man lange auf See ist, macht einem das Schwanken des Schiffes nichts mehr aus, und man schläft so selig, als wäre man im Puff von Valparaíso. Man fürchtet sich nicht mehr vor der nächsten Welle wie am Anfang. Man schläft eingerollt in seiner Koje, für den Augenblick weit entfernt von der Angst, die draußen herrscht, und das genügt. Man möchte den Kerl umbringen, der einen schüttelt und oft auch mit Klapsen aus dem Schlaf reißen muß. Draußen schreit der Steuermann Zeter und Mordio, daß er endlich abgelöst werden will. Man streckt den Kopf an Deck, die Sturmböen zerreißen einem das Trommelfell, und man will zurück. Man bittet um eine Minute Aufschub, aber Steuermänner sind unerbittlich, immer bereit zu schwören, daß sie schon länger als nötig am Ruder stehen. Man kann ihnen keine einzige Sekunde abringen.

Man zittert elend und blickt verschlafen in die See. Salzwasser spuckend, versucht man herauszufinden, von wo die Wellen kommen. Vielleicht ist man schon zwanzig Grad vom Kurs abgewichen, und wenn man es bemerkt, stellt man entsetzt fest, daß man knapp an der Katastrophe vorbeigeschrammt ist. Man geht schnell wieder auf Kurs, und während der nächsten halben Stunde starrt man mit weit aufgerissenen Augen in die Wellen, so als rechne man mit allem. Nichts, was von diesem Moment an geschieht, kann einen überraschen. Man wäre nicht erstaunt, wenn plötzlich eine Welle über das Schiff hinweggehen und einen Sarg an Deck spülen würde.

12. Februar

Dieser Donnerstag hat uns Regen gebracht. Mit ihm ließen der Wind und der Seegang nach. Dolores und ich haben die Pause genutzt, um einige Sätze zu wechseln. Sie hat von ihrem Haus gesprochen. Hatte ein Herz Jesu über dem Eingang gehangen? Ich sagte ihr, daß ich dieses Herz nie gesehen hätte, und wir gerieten wegen meiner berühmten Gleichgültigkeit aneinander. Wir warfen uns das vor, was wir uns immer vorwerfen.

Wieder diese absurden Auseinandersetzungen. Es ist immer dasselbe: wir zerschlagen jedes kleine bißchen

Glück, das sich zwischen uns einstellen könnte, Überreste jener Zeit, in der es uns fast nichts kostete, glücklich zu sein.

13. Februar

Tosende See, starker Wind. Wir driften wieder nach Osten.

14. Februar

Fünf Tage nachdem Cholo verschwunden ist, ist sein Geist zurückgekehrt. Er hat diese ganze Zeit im Laderaum verbracht. Er ist abgemagert, ausgemergelt und hat verdammt tiefe Augenringe. «Das ist doch kein Hund mehr», bemerkte Febriciano. Cholo läßt seine müden Flanken hängen und starrt auf irgendeinen Punkt im Nirgendwo.

15. Februar

Wir haben erneut das Kap umrundet. Gegen Mittag, als es unvermutet aufklarte, konnten wir die Sonnenhöhe nehmen und stellten fest, daß wir nur neun Meilen davon entfernt waren. Als wir seine Umrisse im Nebel ausmachten, hatten wir die lächerliche Illusion, daß wir am Ziel unserer Anstrengungen wären. Aber es blieb keine Zeit zu Freudenausbrüchen, denn die Strömung begann uns auf die Klippen zuzutreiben. Wir kämpften zwölf Stunden, um wieder freizukommen, und haben zwanzigmal den Kurs geändert (und Gott weiß, was es bedeutet, mit unserem Schiff den Kurs zu ändern). «Wußten Sie, daß es hier so ist?» fragte mich der Dicke.

Das Schlimme ist, daß ich es wußte.

«Hast du es gesehen?» fragte ich Dolores, als ich in die Kajüte hinunterging. Sie hatte nur eine Grimasse für mich übrig, während sie weiterlas. Ich verstand sie sehr gut, denn ich war selbst voller Wut auf dieses unüberwindliche Monstrum. Sie hätte die Situation ausnützen können. Sie hätte sagen können: «Na schön. Wir haben es gesehen. Und was, zum Teufel, interessiert mich das? Seit einem Monat dümpeln wir in diesem beschissenen Tümpel herum.» Aber solche Sachen sagt sie nicht.

16. Februar

Einen halben Liter Wasser pro Kopf. Um unser Unglück noch größer zu machen, ist das Wasser in einem Faß trüb und faul geworden. Der Dicke sagt, daß es bald wieder klar werden wird. Er behauptet, daß das Wasser durch den Transport in Holzfässern leidet. Wir werden es für alle Fälle aufbewahren.

17. Februar

Acht Vögel folgen uns. Nicolás konnte sie nicht dazu bringen vorbeizufliegen, und behauptet, daß es die Geister von acht ertrunkenen Seeleuten sind. Die Vögel wirken verschreckt durch den Sturm, und ich glaube, daß sie sich gerne auf dem Schiff niederlassen würden. Sie sehen nicht aus wie Gespenster.

In Wirklichkeit haben diese Vögel Schwierigkeiten, Fische zu fangen, und sind nur an unseren Abfällen interessiert. Sie müssen sehr enttäuscht sein.

18. Februar

Die See hat sich beruhigt, wofür Dolores mit einem Gebet dankte.

Wir alle sind zu eifrigen Betern geworden. Selbst Antonio, der sich immer einen Spaß daraus gemacht hat, die Messen von Pater González zu stören. Ich erinnere mich, wie er jedesmal «Prost, González!» schrie, wenn der Priester den Kelch hob, um ihn zu segnen. Antonio ist ein feiner Kerl, und ich muß mir bestimmte Dinge in Erinnerung rufen, um mir klarzumachen, wie sehr ich ihn mag. Hier beginnt man schnell, jemanden zu hassen, und muß sich immer wieder am Riemen reißen.

19. Februar

Wohin wir uns auch wenden, immer bläst uns der Wind entgegen. Gibt es keinen Weg, nach Westen zu gelangen? Die Leute sind an ihre Grenzen gelangt, mit Ausnahme des Chilenen. Der schläft, als wäre er in Santiago.

20. Februar

Heftiger Wind. Wir bewegen uns auf unseren eigenen Spuren. Im Laufe eines Monats haben wir neun Mal dieselbe Stelle passiert.

Es liegt auf der Hand, daß ich nicht als einer jener unbeugsamen Kapitäne in die Geschichte eingehen werde, die ein Schloß um die Hißtaue legen, damit niemand ein Stück Tuch einholt. Ich lasse alles reffen, was nötig ist, auch wenn das manchmal eher schadet, weil das Schiff nicht vom Fleck kommt und nicht zu manövrieren ist.

Ich hätte gerne mal all diese Kerle hier zu Besuch, die Vorträge über das Segeln bei Sturm halten. Ich würde gerne sehen, wie sie ihre Ratschläge in die Praxis umsetzen und sich dann in die Hosen machen.

21. Februar

Die Nähe des anderen Ozeans belastet das Verhältnis zwischen dem Chilenen und Febriciano. Bei Tisch sind sie sich wieder über Admiral Grau in die Haare geraten. Dieser ist in einem Gefecht gegen die Chilenen gefallen, durch einen Kanonenschuß, der seine Kajüte traf. Von dem Admiral wurde nur der linke Fuß in einem Strumpf mit seinen Initialen gefunden, der mit allen Ehren bestattet wurde.

Ich finde, es ist eine bewegende Geschichte, aber die beiden erzählen sie auf unterschiedliche Weise. Febricianos Vater stammt aus dem Alto Peru, und das ist Grund genug, damit sie sich hassen.

22. Februar

Ziemlich hohes Wasser im Kielraum. Ich bin besorgt.

23. Februar

Wir haben den Pazifik erreicht. Niemand scheint es zur Kenntnis zu nehmen. War es nicht das, wonach wir gesucht haben?

24. Februar

Es ist etwas Furchtbares passiert. Eine Welle ist über das Deck geschlagen und hat die gesamte Wache mitgerissen. Wir haben uns entsetzt angesehen, um festzustellen, wer fehlt: Nicolás, Augusto und der Dicke. Auch Cholo wurde von der Welle weggespült. Er hatte an Deck geschlafen, um gegen die Seekrankheit anzukämpfen. Ich weiß nicht, was wir tun sollen. Dolores ist untröstlich.

25. Februar

Leichte Wetterberuhigung. Im Moment beschränken wir uns darauf, das Ruder zu halten. Niemand ist in der Lage, ein Segel zu setzen. Der Vorfall von gestern wird nicht erwähnt.

26. Februar

Gutes Wetter.

27. und 28. Februar

Gutes Wetter. Wir segeln gegen Norden und lecken unsere Wunden.

1. März

Vor einigen Stunden (es ist zwei Uhr morgens) sind wie auf etwas aufgelaufen. Das Schiff hat unter furchtbarem Ächzen angehalten. Sie sagen, daß es die chilenische Küste ist, aber das kann ich nicht glauben. Man hört keine Brandung. Wir haben die Segel eingeholt und achten auf ein mögliches Leck. Dann werden wir sehen, ob wir das Schiff verlassen müssen.

2. März

Wir befinden uns neunzig Meilen vor Chile. Um uns herum ist Meer, nichts als Meer. Das Schiff zieht noch kein Wasser, aber es liegt fest, wahrscheinlich auf einem Felsen. Eine leichte Wetterverschlechterung wäre fatal. Die Karte vermerkt zweitausend Meter Tiefe, von einem Felsen keine Spur.

Antonio ist dafür, in die Boote zu gehen. Febriciano und der Chilene scheinen nicht davon überzeugt zu sein, daß es sinnvoll ist, das Schiff zu verlassen. Es ist sonderbar, sie einer Meinung zu sehen. Ich stimme natürlich mit ihnen überein.

3. März

Dolores' Zustand hat sich verschlechtert.

4. März

Der Wind weht aus Nordost, und der Schiffsrumpf schlägt gegen den Grund. Wir werden bald aufbrechen müssen. Febriciano und der Chilene sind nervös.

Antonio zufolge haben sie den Verdacht, daß ich sie hinsichtlich der Position betrüge. Sie glauben, daß wir uns nicht dort befinden, wo wir uns befinden, und daß ich schweige, um die Ruhe zu wahren. Sie haben ein Auge auf das Schiff geworfen.

5. März

Dolores beobachtet mich in ihrem Fieberwahn. Sie weiß, daß uns nichts bleiben wird, wenn wir das Schiff verlassen. Und das werden wir nicht mehr überstehen (sie braucht dringend einen Arzt).

6. März

Was soll ich tun?

ZWEITER TEIL

I. Marineblau

Für den Chilenen war der Sonnenuntergang der entscheidendste Moment auf den Meeren seines Landes. Um diese Stunde schlug das Wetter um, oder vielmehr ließ der Wind ein wenig nach, und man konnte auf eine ruhige Nacht hoffen. Dann wehte gegen Morgen eine mäßige Brise aus Süd, die kaum die Wasseroberfläche kräuselte. Die Hißtaue schlugen gegen die Masten, und das Schiff wirkte nicht länger wie ein Totenschiff.

Der Chilene dachte daran, daß er den ganzen Nachmittag nicht auf das Barometer geschaut hatte. Der Himmel war von Roßschweifen und anderen Wolkenformationen überzogen, die am Horizont entstanden und sich über seinem Kopf auflösten. Diesen Zeichen nach zu urteilen, mußte das Barometer im Keller sein. Aber selbst wenn, konnte er nichts unternehmen, und so blieb er an Deck sitzen, um auf eine weitere Nacht zu warten.

Er wollte nicht mit Febriciano zusammentreffen. Wie viele Tage war es her, daß sie kein Wort miteinander gewechselt hatten? Was ihn betraf, war es endgültig. Um die Mittagszeit hatte er ihn zum letzten Mal gesehen, durch ein Bullauge der Kajüte hindurch. Febriciano hatte sorgfältig einen grünlichen Schiffszwieback abgerieben, und der Chilene hatte gebannt darauf gestarrt, während ihn eine grenzenlose Enttäuschung erfaßte. Er hatte eigenhändig das Schiff durchsucht und hätte schwören können, daß kein einziger Zwieback mehr da war noch sonst irgend etwas Eßbares. Vielleicht stammte der Zwieback aus der Kajüte, in der sich Febriciano eingerichtet hatte, seit der Graue das Schiff verlassen hatte. In letzter Zeit schloß er ab, wenn er sie verließ, aber er hatte sich schon ziemlich lange nicht mehr blicken lassen, wie der Chilene beunruhigt feststellte.

So hing er seinen haßerfüllten Gedanken nach, während er darauf wartete, daß es Nacht wurde. Vielleicht wäre er irgendwann eingeschlafen, wie sonst, wenn er dort saß und den Horizont beobachtete in der Hoffnung, einen Schornstein zu entdecken. Aber plötzlich nahm er ein schwaches Klatschen wahr, wie von einem Boot, das mit dem Bug in eine kurze Welle fiel. Dann hörte er zweifelsfrei eine Stimme von See.

Der Chilene stürzte zur Reling und traute seinen Augen nicht. Fünfhundert Meter vom Schiff entfernt trieb, als käme er von offener See, Antonio Escudero in seinem Boot vorbei, demselben, in dem er neun Tage zuvor zum Festland aufgebrochen war.

Sein Auftauchen verschlug dem Chilenen die Sprache, und für eine ganze Weile verstummten die lauten Selbstgespräche, die er führte, wenn er sich abends dort postierte, um über das Meer nachzudenken. Antonio hingegen sprach mit sich selbst, und seine Worte waren so deutlich zu hören, als hätte er das Schiff niemals verlassen. Für einen Moment glaubte der Chilene, daß seine Worte ihm gälten. Aber es war offensichtlich, daß auch Antonios Verstand entschwunden war.

Der Chilene widerstand der Versuchung, ihm etwas

zuzurufen. Er ahnte, daß sich durch Antonio seine Schwierigkeiten mit Febriciano zuspitzen würden. Außerdem war er verblüfft über seine Rückkehr. «Wo mag dieser Bursche gewesen sein?» fragte er sich. Die Situation reizte ihn zum Lachen. Aber dann begann ihm klarzuwerden, daß Antonios Scheitern auch seine eigenen Chancen verringerte. Er schlich zum Bug, und von seinen dunklen Gedanken gequält, sah er dem davontreibenden Boot hinterher, bis die Sonne unterging und auf der Wasseroberfläche nichts mehr zu erkennen war. Die Nacht brach an, und der Wind hatte sich gelegt. Dann wurden Schiffbrüchige, so wußte Febriciano, zu den gefährlichsten und rachsüchtigsten Menschen.

Nachts kam ein großer Fisch, der sich durch Reiben am Schiffsrumpf von seinem Ungeziefer befreite. Zuerst bewegte er sich vorsichtig, aber dann geriet er in Fahrt und rieb sich so fest, daß er die Planken bewegte. Febriciano war sich sicher, daß der Fisch seinen Spaß daran hatte. Er war von Anfang an gekommen, um sich zu kratzen, und Febriciano fragte sich, was für ein Fisch es sein mochte und wo er hinschwamm, wenn er verschwand.

In dieser Nacht hatte der Fisch Verspätung, und als er damit begann, sich von seinen Parasiten zu befreien, war Febriciano schon nicht mehr in der Kajüte, aber er spürte dennoch eine leichte Erschütterung, die sein Erscheinen ankündigte. Er hatte gerade den Kielraum geöffnet und begutachtete den Wasserstand. Er war seit dem Vortag gestiegen, erschien ihm aber noch nicht bedenklich.

In den vergangenen Stunden hatte er jeden Winkel des Schiffes inspiziert. Er suchte nach möglichen Lecks, kontrollierte die Schleusen und kroch an Stellen, an denen seit den Zimmerleuten niemand mehr gewesen war. Er tastete enge Öffnungen ab, in die kaum sein Arm hineinpaßte, und kam schließlich zu dem Ergebnis, daß der Rumpf in gutem Zustand war und er noch einmal davonkommen konnte. Sich davon zu überzeugen fiel ihm nicht leicht, denn er war abergläubisch wie alle und glaubte, daß das Meer schließlich immer tat, was ihm gefiel. Aber er hatte größeres Vertrauen in die Schiffe als die meisten und war nun entschlossen, es von dort wegzubringen.

Als er wieder in die Kajüte kam, war der Fisch schon weg. Mit wenig Hoffnung holte Febriciano die Schnur ein, die er durch das Bullauge ausgeworfen hatte, bis er die Angelhaken mit den unberührten Ködern in den Händen hielt. Der Köder war nicht verlockend und würde schwerlich einen Fisch anziehen. Aber Febriciano wollte sich nicht eingestehen, daß diese Gewässer nichts hergaben, während er die Haken wieder mit einem Köder versah und die Schnur erneut ins Wasser hinabließ.

Er wollte dem Chilenen aus dem Weg gehen und würde sich wohl nicht vor dem Morgengrauen an Deck blicken lassen. Letzte Nacht hatte er sich verstohlen nach oben geschlichen, ohne entdeckt zu werden. Es gefiel ihm, daß der Chilene nicht wußte, wo er sich gerade aufhielt.

Dieser nahm sowieso nur einen kläglichen Platz in seinen Gedanken ein. Er hatte jetzt einen Plan und wollte sich durch nichts davon ablenken lassen. Um seinen Plan auszuführen, würde vielleicht ein zweiter Mann vonnöten sein, aber er beschloß, sich darüber erst Gedanken zu machen, wenn es soweit war. Sein Kopf war fieberhaft mit den Vorbereitungen beschäftigt, und seine Begeisterung wuchs mit jedem Detail, für das er eine Lösung fand. Ein guter Plan hatte genügt, um ihn glücklich zu machen.

Zuweilen riß ihn der nagende Hunger aus dieser inneren Erregung. Dann dachte er an den Fisch und an die Angelhaken, die an der Bordwand hinabhingen. Er wußte, daß er nicht anbeißen würde. Die Fische in diesen Gewässern waren die gleichgültigsten von allen. Er dachte an die arglosen Seebarsche in der Bucht von Candelaria und daran, wie sie an Deck hüpften, sobald der Koch mit dem Löffel gegen die Pfanne klopfte. Besonders einen Fisch gab es – ihm gefiel die Vorstellung, daß es immer derselbe Fisch war –, der angeschwommen kam, um an seinem dicken Zeh zu knabbern, wenn er beim Angeln die Füße im Wasser baumeln ließ.

Candelaria ließ ihn nie los. Dort war alles, was ihm etwas bedeutete. Vom Leben auf See waren ihm nur die Entbehrungen im Gedächtnis geblieben. Mit Candelaria verband er unendlich viele Erinnerungen, vor allem an die dunstigen Vormittage, die Freundlichkeit der Menschen, die Spaziergänge über die Hafenstraße und die Werft, in der er gearbeitet hatte. Auch an zwei oder drei Frauen, bei denen ihm der Atem gestockt hatte, wenn sie vorübergegangen waren. Er hatte sich immer schwergetan mit den Frauen, und manchmal war sein Verlangen so groß gewesen, daß er lieber auf ihren Anblick verzichtet hätte. Wenn er es zusammenrechnete, kam er zu dem Ergebnis, daß er nicht einmal mit der Hälfte der Frauen geschlafen hatte, die er begehrt hatte; vielleicht nicht einmal mit einem Zehntel. Diese Art von Statistik schlug ihm aufs Gemüt, und die Arbeit ging ihm nicht mehr so leicht von der Hand.

Alles, was man über Schiffe wissen mußte, hatte er in der Werft gelernt. Es war ein kleiner Schuppen an der Küste voll abergläubischer Zimmermänner, die sich durch nichts von ihren kabbalistischen Ritualen abbringen ließen. Der Schiffskiel zum Beispiel wurde immer von Nord nach Süd ausgerichtet, und niemand hätte an einem Freitag ein Schiff vom Stapel gelassen. Das Schlimmste, was bei einem Stapellauf passieren konnte, war, daß das Schiff steckenblieb oder auf seinem Weg ins Wasser einen Mann zermalmte. Und nichts Gutes konnte ihm bevorstehen, wenn während des Baus ein ungebetener Besucher die Werft betrat, sei es ein Einarmiger, eine Jungfrau oder eine trächtige Hündin. Für Febriciano war all dies ein ständiger Anlaß zum Staunen.

Die Leute in Candelaria waren stolz auf die Werft. Wenn Febriciano an einem Schiffsrumpf arbeitete, konnte er sehen, welche Faszination die Schiffe auf die Landratten ausübten. Es gab keinen besseren Ort als eine Werft, um herumzulungern und seine Zeit zu vertrödeln. Die Leute schauten zu, und es gab immer einen, der dies oder jenes wissen wollte.

Manchmal war diese Fragerei nur ein Vorwand und verriet in Wirklichkeit den Schiffsexperten, der einzig und allein deshalb da war, um seine Meinung zum besten zu geben. Diese Kerle konnte man unmöglich ignorieren. Wenn man sie nicht beachtete, stapften sie wütend umher, bis sie einen Anlaß zur Kritik fanden. Andere Male bestand ihre Strategie in einem herausfordernden Schweigen. Febriciano ging das so auf die Nerven, daß er sich schließlich umdrehte und sich ihnen direkt zuwandte.

«Ist das Teak?» konnte der Fachmann mit einem vielsagenden Lächeln fragen.

«Zeder», brummte Febriciano, während er sich wieder über die Planke beugte und sie mit dem Beitel bearbeitete. Die Schneide glitt mühelos die Maserung entlang und hob einen hauchdünnen Span ab. Der Experte freute sich, daß es kein Teak war, sondern ein minderwertiges Holz. Andererseits hatte er genau gewußt, daß es Zeder war, und so ließ er eine Minute verstreichen und fing dann erneut an.

«Schade um das Ruderblatt. Das ist auch aus Zeder, oder?»

«Lapacho.»

«Es wird nicht halten. Das Ruderblatt ist starkem Druck ausgesetzt. Da hätte ein ordentliches Stück Rotholz hergemußt.»

«Ja, ja, du Arsch», dachte Feliciano. «Dir werd ich nichts mehr erklären.» Er hielt die Planke an das Schiffsgerippe und achtete darauf, daß sie perfekt eingepaßt war. Er war sich sicher, daß der Experte nun den Kopf unter das Schiff steckte, die Fugen begutachtete und fragte:

«Mit was kalfatert ihr?»

«Mit Baumwollwerg.»

Der Experte verfiel in ein Schweigen, das beredt seine Meinung über Werg zum Ausdruck bringen sollte.

«Im Norden kalfatern wir wie drüben in Guayaquil, mit Kokosfaser», sagte er dann. «Die Splissungen verrotten nicht mehr, und nach einer Zeit werden sie hart wie Holz.»

Febriciano betrachtete aufmerksam die Planke, die er auf den Boden gelegt hatte. Er prüfte sie eingehend und sagte schließlich höflich:

«Sehr schön. Aber hier gibt es kein Kokos.»

«Klar. Deshalb ziehen die Schiffe so viel Wasser.»

Es gab viele von diesen verbitterten Typen, die dennoch die Schiffe liebten und nur die Menschen haßten. Es gab auch eine Frau, die sich andauernd über das Gehämmer aus der Werft beschwerte und behauptete, daß ihr dadurch der Wein in den Fässern verderbe. Sie war die Besitzerin einer nahegelegenen Bodega und drohte damit, sie anzuzeigen. Febriciano glaubte nicht, daß die Hammerschläge so viel Schaden anrichten konnten, auch wenn einige behaupteten, daß Weine deutlich besser wurden, wenn man sie auf Schiffen transportierte. In einem Laden im Hafen gab es eine Flasche, die mehrmals den Atlantik überquert hatte. Aber der Besitzer konnte sich nie dazu entschließen, sie zu entkorken, so daß sich Febriciano auch hier nicht sicher war.

Wenn er nachmittags von der Arbeit kam, spazierte er über die Hafenstraße, und bei schönem Wetter ging er weiter die Küste entlang bis Punta Francesa, wo er sich hinsetzte und Salami mit Brot aß, während er über sein Leben nachdachte. Zu jener Zeit fuhr er nicht zur See, noch dachte er daran, es einmal zu tun. Für ihn war das Meer ein finsterer Ort, von dem die Männer immer verzweifelt zurückkehrten. An stürmischen Tagen zündete man in Candelaria Kerzen für die Unglücklichen an, die in diesen Augenblicken gegen das Unwetter kämpften. Auch Febriciano zündete seine Kerze an. Er beobachtete den Wind, der an den Fensterläden rüttelte, und dachte an die Schiffe, die er gebaut hatte, und daran, wie sie sich wohl im Sturm bewährten.

Er wäre nie zur See gefahren, wäre da nicht ein Kapitän gewesen, der es eilig hatte und sein Schiff zu früh abholte. Es fehlte noch fast die gesamte Inneneinrichtung, aber der Kapitän handelte aus, daß auf der ersten Reise drei Zimmerleute mitfahren würden. Einer von ihnen war Febriciano gewesen.

Glücklicherweise fuhr das Schiff nach Norden, auch wenn die Hitze oft so drückend war, daß man den Zimmerleuten, die unter Deck arbeiteten, mit Eimern kalten Wassers Abkühlung verschaffen mußte. Zu anderen Zeiten konnte aufgrund des Seegangs nichts getan werden, und diese Tage verbrachte Febriciano an Deck, um gegen die Seekrankheit anzukämpfen. Aber im großen und ganzen hatten sie gutes Wetter und konnten während der Hinreise alles fertigstellen.

Auf der Rückfahrt herrschte eine Woche Sturm. Das Schiff verwandelte sich rasch in einen unwirtlichen Ort, vom Regen gepeitscht und von den Wellen gebeutelt. Der Alte fand, daß der Zeitpunkt gekommen war, einige Kerzen für den Schutzheiligen aufzustellen. Dieser befand sich in einer Nische in der Nähe der Kapitänskajüte, und die Wache kümmerte sich darum, daß die Kerzen immer brannten. Aber der Sturm flaute nicht ab, und der Alte war so wütend über die Strafe, die sein Schiff durchlitt, daß er sich eines Nachts vor den Heiligen stellte und ihn so wüst beschimpfte, daß alle dachten, sie würden auf der Stelle untergehen. Aber sie gingen nicht unter, und später dachte Febriciano, daß man wirklich gläubig sein mußte, um einen Heiligen so zu beschimpfen, wie es dieser Alte getan hatte.

Bevor er hinunterging, blickte der Chilene lange nach Osten, während er den Wind von Land einsog, der sein Gesicht gefrieren ließ.

«Es ist ein Wetter wie in Ancud im Oktober», dachte er. «Um diese Uhrzeit hat die Ebbe die Boote auf Chiloé schon auf Grund gelegt, und die Leute gehen zum Abendessen. Mein kleiner Bruder wird sich mit meiner Mutter streiten. Er will seine Hausaufgaben nicht machen. Seit mein Vater tot ist, wird niemand mehr mit meinem Bruder fertig.»

Der Chilene strengte seine Sinne an, während er an zu Hause dachte, und mit etwas Mühe konnte er einen Hund bellen hören und eine Nachbarin, die ihre Familie zum Essen rief. Der Duft von Makrelen und frischen Seeigeln zog an ihm vorbei. Er schätzte, daß bei ihm zu Hause bereits das Licht brannte und seine Geschwister drinnen beim Essen saßen. Wahrscheinlich hatte seine Mutter schon unzählige Klapse ausgeteilt, während die Größeren ungeniert tuschelten. Sie hörte nicht gut und fand dieses Benehmen ungezogen. Einer schüttete den Wein über den Tisch, und alle schrien auf. Der jüngste Bruder nutzte den Zwischenfall, um die Aalbrühe direkt aus dem Teller zu schlürfen. Seine Schwester Lucrecia verpetzte ihn, und die Mutter mußte dazwischengehen, damit er sie nicht umbrachte. Sie setzte ihn vor die Tür, während sie ihm die ganze Zeit vorhielt, daß er ein Waisenkind war. An diesem Punkt schüttelte der Chilene den Kopf, um die Bilder loszuwerden, und binnen Augenblicken verschwanden der Duft nach gebratenen Makrelen und das Geschrei seiner Geschwister. Zurück blieb nur der ablandige Wind, der ihm ins Gesicht blies.

Der Chilene hieß Pedro Terrazas und war der älteste Sohn von Doña Matilde Valero, die sich vorgenommen hatte, jedes Jahr ein Kind zu bekommen, um im Alter versorgt zu sein. In ihrem Haus herrschte beispiellose Armut, und sie mußte jeden Morgen vier Kilometer laufen, um ein paar billige Makrelen zu erstehen. Bei den Fischern von Chiloé waren sie bestens bekannt, und wenn ein Terrazas auf der Mole erschien, machten sie sich auf zähes Feilschen gefaßt. Der kleinste Bruder war derjenige, der am besten feilschen konnte, und alle waren berüchtigt in Ancud. «Auf diesem Schiff weiß so gut wie niemand, daß ich Pedro Terrazas heiße», dachte der Chilene, während er unter Deck ging und sich schlafen legte. «Doch in Ancud waren wir bekannter als der Gouverneur.»

Als Febriciano um Mitternacht nach oben ging, um die Angelhaken auszuwerfen, lag der Chilene Pedro Terrazas noch wach und konnte seine Bewegungen durch das Bullauge verfolgen. Er fühlte sich fiebrig und hatte Halsschmerzen, und so feuerte er den Herd und legte sich auf die Matratze des Dicken, die er dorthin gebracht hatte. Er breitete sämtliche Decken über sich aus, aber ihm wurde nicht warm. Er glaubte, daß er ernsthaft krank war.

Febriciano stand um sechs Uhr auf, und sein erster Gang führte ihn in die Kammer mit den Segeln. Wie er vorausgesehen hatte, war die Hälfte verfault. Viele waren von der Feuchtigkeit zerfressen, und von anderen waren nur ein paar Fetzen übrig. Er sortierte die aus, die noch zu retten waren, und warf den Rest ins Meer. Damit war er ziemlich lange beschäftigt, denn die Segel waren aus schwerem Tuch, und es waren mehrere Mann nötig, um sie zu tragen. Dann begann er die übrigen zu flicken, eine Arbeit, die ihn bis zum späten Nachmittag beschäftigte.

Er hatte sich ausgerechnet, daß die Vorbereitungen mindestens drei Tage in Anspruch nehmen würden. Aber viel länger durfte es sich nicht hinziehen, denn die geringste Wetterverschlechterung würde genügen, um den Schiffsrumpf am Grund zu zerschmettern. Nachdem er die Segel instandgesetzt hatte, mußte er die Takelage überprüfen, und erst dann würde er die obersten Segel hissen können. Auf sie setzte er seine Hoffnungen, damit das Schiff sich weit genug aufrichtete und freikam. War das geschafft, würde er sich um das Navigieren kümmern müssen. Er kannte niemanden, der alleine einen Schoner gesegelt hätte. Bei starkem Wind würde es keine Möglichkeit geben, Tuch einzuholen.

Aber er vertraute auf sein Glück und die soliden Masten und war fest gewillt, den Chilenen nicht um Hilfe zu bitten.

Er hatte ihn durch die Luke beobachtet, während er die Segel über das Deck schleppte. Der Chilene lag wie tot auf seiner Matratze. Der Anblick beruhigte Febriciano, und er dachte, daß er womöglich eine seiner größten Sorgen los war. Doch später, als er in der Sonne nähte, plagte ihn das schlechte Gewissen, und er überlegte, zu ihm zu gehen. Er dachte auch an den Käse, den er in der Kajüte versteckt hatte. Aber sein Gewissen überstand diese kurze Attacke unbeschadet, und wenig später turnte er in den Masten und pfiff durchdringend vor sich hin, während er das Wirrwarr der Taue überprüfte.

In dieser Nacht blieb der Fisch aus, und es biß auch nichts an. Febriciano schränkte seine Ration noch weiter ein und legte sich ziemlich früh schlafen, um nicht in Versuchung zu geraten, den Käse aufzuessen.

Er hatte den Smith & Wesson unter das Kopfkissen geschoben, und im Schlaf berührten seine Finger immer wieder das kalte Metall und machten ihm erneut die Gefahr bewußt. Dann schlug er die Augen auf und versuchte die Geräusche des Schiffes zu identifizieren, während er überlegte, ob der Chilene ihm schon auflauerte. Vor nichts fürchtete er sich so sehr wie vor Messern, und ihn grauste bei der Vorstellung, daß er eines Nachts mit dem blanken Stahl des Chilenen an der Gurgel aufwachen könnte.

Später träumte er, daß dieser ihn zwang, an Deck zu gehen, und ihn mit zwei scharfen Messern an den Mast heftete. Febriciano sollte sich aus eigener Kraft befreien, und als er es versuchte, spürte er, wie sich die Schneide in sein Fleisch grub wie eine bösartige Zunge.

Diesmal wurde er endgültig wach. Nun saß er aufrecht in der Koje, während er versuchte, die Ruhe zu bewahren. In seinem Kopf tobten alle Geschichten über verfeindete Schiffbrüchige, die er in seinem Leben gehört hatte. Normalerweise enthielten diese Geschichten unglaubliche Begebenheiten, aber nun überlegte er, daß sie vielleicht der Wahrheit entsprachen und daß in diesem Fall einer von ihnen sterben mußte.

Er sagte sich, daß er nicht bis zum nächsten Tag warten konnte, um seine Auseinandersetzung mit dem Chilenen zu regeln, und beschloß, ihn zu stellen. Am schwersten fiel es ihm, aus der Koje zu klettern und die Kajütentür zu öffnen, aber als er erst einmal unterwegs war, war seine Angst nicht mehr so groß, und er schlich leise vorwärts, den Smith & Wesson fest umklammert. Obwohl es erst drei Uhr nachts war, hatte es bereits zu dämmern begonnen. Er konnte sich einfach nicht an die kurzen Nächte des Südens gewöhnen. Je weiter er zum Bug kam, desto genauer konnte er in der Helligkeit, die durch die Bullaugen fiel, die Einzelheiten des Schiffes erkennen.

Als er die Kombüse erreicht hatte, blieb er vor der geschlossenen Tür stehen und versuchte herauszufinden, was dort drinnen passierte. Zunächst glaubte er, das übliche Schnarchen seines Gefährten zu hören, aber dann dachte er, daß es der rasselnde Atem eines kranken Mannes war. Er blieb stehen, die Hand auf der Klinke, das Gesicht der Tür zugewandt, bis sich das

Morgenlicht in seinem Revolver und seinen lauernden Augen spiegelte.

«Mein Gott», dachte er. «Er weint wie ein Kind.»

Er öffnete vorsichtig die Tür. Als er sich an die Dunkelheit gewöhnt hatte, konnte er die Matratze auf dem Fußboden erkennen und den Chilenen, der dort lag und den Arm über das Gesicht gelegt hatte. Der Herd war erloschen.

Febriciano mißtraute seinem Leidensgefährten noch immer und wahrte Abstand. Nun war der Chilene still und wirkte nicht sehr furchterweckend. Febriciano sagte sich, daß er ihn nicht mehr haßte. Schließlich empfand er Mitleid mit ihm und berührte ihn mit den Fingerspitzen. Der Chilene hob langsam seinen Arm und schlug die Augen ein wenig auf, und als er Febriciano erkannte, flüsterte er mühsam:

«Bruder.»

Er nahm eine von Febricianos Händen zwischen die seinen und legte sie auf seine Brust. Dann verdrehte er die Augenlider, und trotz seiner Bemühungen, die Fassung zu wahren, erschien eine Art Träne in seinem linken Augenwinkel. Der Chilene lag im Sterben, still und leise, und während Febriciano ihn unter seinen Händen dahingehen spürte, dachte er, daß er einen Menschen seinem Schicksal überlassen hatte und mit Sicherheit dafür büßen mußte.

Dann zog er behutsam seine Hand zurück und sagte:

«Ich werde dir ein bißchen Käse bringen.»

Trotz seines Hungers konnte der Chilene den Käse nur mühsam schlucken. Als es ihm schließlich gelang, dachte Febriciano, daß er nun ein ruhigeres Gewissen haben würde und sich in Ruhe darum kümmern konnte, dort wegzukommen.

Er nahm sich vor, ihm Hoffnung zu machen.

«Wir kommen hier weg, Chilene», sagte er. «Ich werde dieses Schiff von hier wegbringen.»

Der Chilene stimmte mit seinen dunklen Augen zu. Febriciano hielt dem Blick des Mannes nicht stand, den er auf dem Schiff am meisten gehaßt hatte. «Jetzt könnte ich ihm die Gurgel umdrehen wie einem Huhn», dachte er.

Er beschloß, ihn an Deck zu bringen, damit er Sonne bekam. Während er ihn trug, bemerkte er, daß er so leicht war wie seine Tante damals, als er sie zu ihrem Sarg getragen hatte. Er ging zurück, um die Matratze zu holen. Dann legte er ihn darauf und breitete sorgfältig die Decken über ihn. Der Chilene war erschreckend dünn, vermutlich hatte ihn eine Krankheit so ausgezehrt. «Er sieht aus wie ein alter Mann, der in der Sonne sitzt», dachte Febriciano, während er einen Schritt zurücktrat und sein Werk betrachtete.

Dann schleppte er das erste Segel zum Mast und begann aufzuentern.

Er arbeitete, bis es dunkel wurde. Immer wieder, wenn er daran dachte, warf er einen Blick nach unten, und der alte Mann winkte ihm zu.

Am nächsten Tag ging er in die Kombüse hinunter, um ihn wieder an Deck zu bringen. Febriciano haßte dunkle Orte und dachte, daß sich sein Zustand so verbessern würde. Aber der Chilene hatte eine schlimme

Nacht hinter sich und sah noch schlechter aus. «Auf geht's, du verdammter Chilene», munterte Febriciano ihn auf. «Dann wollen wir mal sehen, daß wir dich wieder hinkriegen.»

Der Chilene sagte nichts. Febriciano legte ihm seine Hand auf die Stirn. Er fühlte sich kalt und starr an. «Er ist steif wie eine tote Katze», dachte er.

Er blieb lange in der Kombüse und überlegte, was er mit ihm machen sollte. Aber was konnte er machen? «Ich weiß nicht einmal, ob er tot ist», dachte er.

Abgesehen von der runden Wolke war nichts am Himmel zu sehen an diesem Märzmorgen. Die Wolke befand sich auf der dem Festland zugewandten Seite, und Febriciano konnte sie genau erkennen, als er in ihre Richtung schaute und dabei dachte: «Unter dieser Wolke liegt die Küste von Chile. Schon morgen könnte ich dort sein.»

Es war das erste Mal, daß er oben im Mast sitzen konnte und nichts anderes zu tun hatte, als die Gegend zu betrachten, jetzt, da sich das Schiff nicht von der Stelle rührte. Er genoß die Aussicht, so oft ihm danach war, aber er hätte gerne die Kordilleren gesehen. Während der Reise hatte er mit Antonio über die Sache diskutiert. Febriciano hatte gewettet, daß die Kordilleren vom Meer aus deutlich zu erkennen waren. Nun stellte er fest, daß er die Wette verloren hatte. Im Osten war nichts zu sehen außer dieser kleinen Wolke.

Vielleicht dauerte es zu lange, bis ihm klar wurde, daß sich die Wolke rasend schnell bewegte. Später sollte er diese verschenkte Zeit bereuen. Er hatte sie damit vergeudet, nach den Kordilleren zu suchen und von diesem beeindruckenden Ausguck herunter das Schiff zu bestaunen. Von oben betrachtet war es schöner als aus jeder anderen Position. Das Deck war mit dem Reif der Nacht überzogen, und das Schiff wirkte wie eine Eisskulptur. Auf den Segeln lag eine feine Reifschicht, die in der Sonne glitzerte. Einige Albatrosse, die auf dem Weg nach Chile waren, hatten sich auf den Masten niedergelassen und spähten mit ihren Vogelaugen zum Festland hinüber.

Febriciano hatte am Vortag die Segel gesetzt. Es war so viel Arbeit gewesen, daß er erst bei Dunkelheit fertig war und sich hinterrücks hinabhangeln mußte, um sein pochendes Herz zu beruhigen. Aber er konnte nicht bis zum nächsten Tag abwarten, um das Resultat zu sehen. Sobald er wieder bei Atem war, zog er die Schoten an, damit die Segel bei dem ruhigen Ostwind, der zu diesem Zeitpunkt wehte, ihre Arbeit zu tun begannen.

Das Ergebnis war ein Fiasko. Es war ein vielversprechendes Knirschen zu hören, aber das Schiff neigte sich nicht einmal zur Seite, und Febriciano kam zu der Erkenntnis, daß sein Experiment gescheitert war. Drei Stunden blieben die Schoten angezogen, und so, unter vollen Segeln, sah es aus, als führe das Schiff durch die Nacht. Die Masten knarrten recht realistisch, aber es fehlte das einlullende Geräusch des Wassers, das unter dem Rumpf hindurchfloß. Febriciano löste entmutigt die Schoten und ging in die Kajüte hinunter. In der Nacht hörte er die Segel im Wind flattern, und für Momente kam es ihm so vor, als wäre das Schiff wirklich auf dem Weg nach Chile. Dann kam er wieder zu sich, er erinnerte sich daran, daß sie festsaßen, und er dachte, daß sie wahrscheinlich nie von dort wegkommen würden. Aber gegen Morgen erwachte erneut sein Optimismus, und er überlegte, daß es nur einige kräftigere Windböen brauchte, damit das Schiff sich ins Wasser neigte, seinen Kiel hob und schließlich im Wind segelte, verwirrt wie eine Frau, der die Röcke hochflogen.

Während er nun dort oben saß, machte er sich Gedanken darüber, daß die Wolke alleine war. Normalerweise trat eine Wolke von dieser Größe nie vereinzelt auf. Dieser Umstand beanspruchte mehr und mehr seine Aufmerksamkeit, bis er schließlich an nichts anderes mehr dachte. So fiel ihm auf, mit welch rasender Geschwindigkeit die Wolke sich auf das Schiff zubewegte. Es war die schnellste Wolke, die er je gesehen hatte. Bald war er zutiefst beunruhigt und überlegte, daß er schnellstens abentern mußte. Als er sich gerade dazu anschickte, bot sich ihm ein Schauspiel, das ihn erschaudern ließ.

Statt sich unter der Wolke ein wenig zu kräuseln, kochte das Meer über die ganze Breite des Horizonts, ohne sich die Zeit zu lassen, Wellen aufzutürmen. Es war ein friedlicher Morgen, als es geschah, und Febriciano konnte es nicht glauben.

Er ließ sich hastig ab und wäre fast auf das Deck gestürzt. Er mußte unbedingt vor dem Sturm unten sein. Während er hinunterglitt und sich dabei die Hände aufriß, dachte er daran, daß er das Messer in der Hosentasche hatte und es ihm mit etwas Glück gelingen würde, die Schoten zu kappen. Um Knoten zu lösen, blieb keine Zeit mehr.

Aber es gelang ihm lediglich, eine Leine zu kappen. Als er zu der nächsten lief, glitt er auf dem Reif aus, und in diesem Augenblick erreichte ihn das Heulen des Windes.

Es war ein Wunder, daß diese erste Böe nicht die Masten mitriß. Febriciano befand sich in Lee und schaffte es gerade noch, den Kopf in den Händen zu bergen. Gleichzeitig bemerkte er, daß sich das Deck unter unheimlichem Knirschen plötzlich seitwärts neigte, während er auf die Reling zurollte. Er stellte jubelnd fest, daß die aufgewühlte See das Schiff flottmachte. Er kroch zum Ruder. Es kostete ihn große Mühe, aber er gab nicht auf, denn er dachte, daß Gott sich seiner erinnert hatte. In diesem Moment setzte sich das Schiff in Bewegung.

Mehr als eine Stunde war es ihm unmöglich, sich zu orientieren. Seine ganze Aufmerksamkeit galt dem Ruder, und er kam nicht auf den Gedanken, sich zu fragen, wohin die Fahrt ging. Aus dem herrlichen Morgen war ein Nebelvorhang geworden, der den Bug verhüllte. Die ständigen Brecher hatten ihn bald durchnäßt, und er begann zu zittern. Sein Ölzeug war unter Deck geblieben, und er hatte nicht die geringste Chance, es zu holen. Ihm ging durch den Kopf, daß er vielleicht auf offene See hinaussteuerte, aber er machte sich keine sonderlichen Sorgen deswegen. Wenn es ein vorübergehendes Unwetter war, würde er freie Bahn haben, ohne sich deshalb allzuweit vom Festland entfernen zu müssen. Anderenfalls wäre seine Lage nicht schlimmer als zuvor.

Später stellte er fest, daß er auf westlichem Kurs lag

und sich tatsächlich von Chile entfernte. Er überlegte, daß dieser Sturm womöglich den ganzen Tag und vielleicht die Nacht hindurch wüten würde. Sobald er abflaute, würde er sehen, wie er wenden konnte. Die ganz oben an den Masten angeschlagenen Segel waren denkbar ungeeignet für dieses Manöver. Aber bislang hatten die Masten gut gehalten, und er kam zu dem Schluß, daß er sich deswegen keine Sorgen machen mußte.

Wie jeder Sturm, der von achtern kam, zeigte dieser seine Gewalt nicht offen. Mit der Zeit gewann Febriciano Vertrauen in das Ruder und wagte es, das Meer um sich herum zu betrachten. Nirgendwo war der Horizont zu sehen. Sein Schiff befand sich in einem tosenden Krater.

Er hatte auch zurückgeblickt, und ihn hatte die Unruhe der Rudergänger ergriffen, wenn sie von solchen Wellen verfolgt wurden und ihre Empfindungen zwischen der Angst schwankten, die sie beim Heranrollen dieser Wassermassen erfaßte, und der Erleichterung, wenn das Schiff sie für den Augenblick überwand. Im allgemeinen währte das Vertrauen in das Schiff nur bis zur nächsten Welle. Vom Ruder aus gesehen, wirken diese Wellen haushoch, und es erscheint unmöglich, daß die Welle unter dem Schiffsrumpf hindurchläuft. Dann entwickelt das Schiff seine höchste Geschwindigkeit und wird entsetzlich geschüttelt. Es kann sein, daß es auf dem Wellenkamm reitet wie ein Surfbrett bei zwanzig Knoten.

Andere Male wiederum geht es weniger glücklich aus, und die Welle, die zehn Tonnen wiegt, schlägt mit Wucht über dem Deck zusammen. Ihr Aufprall genügt, um einem Mann das Rückgrat zu brechen.

Febriciano bemerkte, daß ihm etwas auf dem Meer folgte. Er sah es nur flüchtig, fast aus dem Augenwinkel, aber er konnte erkennen, daß es aussah wie ein vom Wasser ausgebleichter Baumstamm und mannsgroß war. Es schwamm vierzig Meter hinter dem Schiff her. Wenn es in ein Wellental stürzte, wurde es sehr schnell.

Wenn die Windböen Febriciano eine Atempause gewährten, drehte er sich um, um es zu betrachten. Gegenstände, die im Meer treiben, erwecken eine Neugier, die sich nicht unterdrücken läßt. Febriciano studierte interessiert das Verhalten des Baumstamms. Aber es verging eine ganze Weile, bis er entdeckte, daß es sich in Wirklichkeit nicht um einen Baumstamm handelte, sondern um die Leiche eines Mannes, der im Sturm ertrunken war.

Seine ganze Zuversicht verflog augenblicklich. Er hatte den Körper gesehen, der auf den Wellen dahintrieb und sich an das Schiff heftete wie ein schlechtes Gewissen. Es wirkte wie eine Strafe, aber Febriciano war nicht bereit, sie zu akzeptieren. Dann entdeckte er entsetzt, daß es sich um den Chilenen handelte.

War er an Deck gewesen, als der Sturm losbrach? fragte sich Febriciano vergeblich. Seine Erinnerungen reichten nur bis zu dem Moment, als er ihn in der Kombüse gefunden hatte, steif wie eine tote Katze. Hatte er ihn an Deck gebracht, damit die Sonne ihn wärmte? Er konnte sich nicht erinnern, und das trieb ihn zur Verzweiflung.

Danach traute er sich nicht mehr hinzusehen, denn er hatte Angst, daß der Tote näher kam. Aber er mußte es tun, und wie man sich denken kann, wählte er den ungeeignetsten Augenblick.

Normalerweise waren Febricianos Reflexe sehr gut, seine Hände bewegten mechanisch das Ruder, und das Schiff stand immer im richtigen Winkel, um dem Angriff der See zu trotzen. Aber diesmal ließen ihn seine Nerven im Stich. Er hatte eine gewaltige Welle abgewartet, um nach dem Toten Ausschau zu halten. Er konnte nicht wissen, daß auf diese Welle eine noch höhere Welle folgte, die fast mit der ersten verwachsen war und nicht den nötigen Abstand hielt. Als Febriciano sie sah, war es schon zu spät. Das Schiff hatte sich unvermutet nach backbord gedreht und wurde seitlich von der Welle erfaßt. Es tat einen furchtbaren Schlag. Febriciano konnte nicht hören, wie die Segel mit einem lauten Knall gegen die Masten schlugen, denn er selbst war ins Meer gespült worden.

Augenblicke später trieb das Schiff auf der Seite und schien unterzugehen. Es war das letzte, was Febriciano sah, bevor er selbst von der Wasseroberfläche verschwand. «Ich werde ertrinken», sagte er sich mit der Resignation eines Mannes, dem die Szenerie seines möglichen Endes vertraut ist.

II. Merkur

«Es ist gut», dachte Antonio kurz nach seiner großen Enttäuschung. «Keine falschen Hoffnungen mehr. Ich werde mich einfach treiben lassen.» Hinter ihm am Horizont verzehrte ein rotglühendes Feuer das aufgelaufene Schiff. Die Sinnestäuschung endete mit dem Sonnenuntergang.

Das Boot trieb weiter einem ungewissen Ziel entgegen. Antonio ließ den Arm ins Wasser hängen in der Hoffnung, ein paar Algen herauszufischen, um die jungen Triebe zu essen. Mit ein wenig Glück war ein winziges Meerestierchen dabei. Einmal hatte er mit einem Zweig einen kleinen Krebs herausgezogen, der so blaßweiß gewesen war, daß er nackt wirkte. Antonio hatte ihn ohne Gewissenbisse hinuntergeschlungen und an die Krebse in Candelaria gedacht, die ihren Panzer abstießen, und daran, wie verletzlich sie dann aussahen. Er hatte sich immer für dieses Stadium interessiert, in dem sich die jungen Krebse nach qualvollen Anstrengungen im Sand ihrer Hülle entledigten und sich nackt und bloß eingraben mußten, um auf ihren neuen Panzer zu warten. Es war ein unschöner Zustand, aber Antonio suchte unermüdlich den Strand nach ihnen ab und grub sie aus, um sie seiner Mutter unter die Nase zu halten. Sie fand sie genauso abstoßend wie die jungen Tauben in den Nestern, auch wenn sie ihr im Grunde genommen leid taten. Sie sah sie lieber im normalen Zustand, selbst wenn sie sich gegenseitig auffraßen, und nicht in dieser hilflosen Lage, wenn ihnen sämtliche Tiere der Küste nachstellten, die auf Rache aus waren.

Seine Mutter streifte gerne nach den Stürmen an der Küste entlang. Bei einem ihrer letzten Ausflüge hatte es die ganze Nacht hindurch heftig gestürmt, und sie vermuteten, daß es sich lohnen würde, bei den Klippen vorbeizuschauen. Aber die Wellen hatten nichts Interessantes angespült, sondern im Gegenteil den wenigen Sand abgetragen, den es dort noch gab. Es konnte sein, daß das Meer den Sand im Sommer wieder anspülte, vielleicht aber war er in solche Tiefen hinuntergesunken, daß die Küste nie mehr ihre ursprüngliche Gestalt annehmen würde.

Normalerweise geschah dies nicht, und die Brandung brachte alles wohlgeordnet wieder zurück. Der feine Sand vermischte sich nicht mit dem übrigen, und wenn man am Morgen an den Strand kam, dann sah er unberührt aus. An den feinen Linien im Sand konnte man sehen, wie das Meer während der Nacht gestiegen war, wann das Wasser den Höchststand erreicht hatte und wann es zurückgewichen war.

Aber diesmal hatte der Sturm die Landschaft verwüstet und außerdem große Brocken aus den Klippen gerissen. Auch tote Vögel lagen herum, die in den Minuten vor dem Unwetter nicht aufs Meer hinausgeflogen waren, nicht wissend, daß sich die schlimmsten Unglücke immer an den Küsten ereignen.

Antonio zeigte seiner Mutter diese Entdeckungen. Sie wiederum fand eine Muschel, in der sich ein Einsiedlerkrebs eingenistet hatte, der sich nicht aus seinem Haus vertreiben lassen wollte. Da er nicht dazu zu bewegen war, kickte Antonio ihn über den Strand, bis der Krebs bei einem Aufprall herausgeschleudert wurde. Sofort verlor er seine Angriffslust und zog sich ins Wasser zurück. Antonio warf ihm Steine hinterher und schrie, er solle doch in die Muschel seiner Schwester kriechen, in dem Glauben, dieses Schimpfwort hervorragend angebracht zu haben.

Seine Mutter hatte bereits einen Picknickplatz gesucht. Sie hatten kalte Schnitzel und einen Kartoffelsalat mit hartgekochten Eiern dabei, die sie eilig aufaßen, denn es sah nach einem Wetterumschwung aus. Aber das Wetter hielt den ganzen Nachmittag, und sie dachten nicht länger daran, nach Hause zu gehen. Seine Mutter faltete den Schal zu einem Kissen und machte es sich bequem. Es war bewölkt, und es war angenehm, dort zu liegen.

Antonio konnte nicht schlafen und ging nach einer Weile zu dem reglos daliegenden Meer hinunter. Er nutzte die Zeit, um flache Kiesel über die Wasseroberfläche hüpfen zu lassen. Einmal schaffte er es siebenmal hintereinander. Dann wandte er sich den Muscheln zu. Sie kamen bei einsetzender Flut aus dem Sand hervor, um Nahrung aufzunehmen, und begannen verzweifelt zu graben, wenn das Wasser wieder ablief. Antonio versperrte ihnen den Rückweg, und die Muscheln bohrten vergeblich ihre Zunge in den nassen Sand.

Er winkte vom Ufer aus seiner Mutter zu. Sie sah sehr gut aus, und Antonio wußte bereits ihre langen Beine und ihre feste Figur zu schätzen. Tante Himelda hatte einmal gesagt, daß so eine Frau nicht alleine bleiben durfte. Antonio war ihrer Meinung und beschloß im stillen, bis zum Tod bei ihr zu bleiben. Er hatte neben seiner Tante gesessen und mit dem Sandeimerchen gespielt, und als er diesen Satz hörte, patschte er zustimmend mit dem Schippchen auf den Boden. Jeder Schlag war ein tödlicher Treffer ins Genick seiner Feinde. Ein Todesstreich für die Hoffnungen der Wölfe, die damals um seine Mutter herumschlichen.

An jenem Abend, dem letzten, den er auf See verbringen sollte, wurde Antonio Zeuge eines herrlichen Sonnenuntergangs, und kurz darauf entdeckte er den Merkur über dem Horizont. Seine Entdeckung machte ihn glücklich. Der Merkur kreiste immer in der Nähe der Sonne, und wenn man genau achtgab, konnte man ihn sehen, wenn die Sonne unterging. Er stand über dem Heck des Bootes und sah aus wie der Morgenstern. Antonio beobachtete gebannt, wie weitere Sterne in der Nähe des Planeten erschienen, bis der Himmel schließlich aussah wie jede Nacht.

So begann Antonios letzte Nacht auf See.

III. Warnung an den Schiffsverkehr

Der zweite Offizier der *Pancha Garmendia* war sich nicht sicher, ein Schiff gesichtet zu haben, bis die Sonne durch den Morgennebel drang und es sich deutlich gegen den Horizont abzeichnete. Das Schiff schien auf Grund gelaufen zu sein, und der zweite Offizier fragte sich, ob das bei diesen Tiefen möglich war. Der Steuermann war der Ansicht, das Schiff treibe vor dem Wind, und für einige Momente zogen sie diese Möglichkeit in Betracht. Vorsichtshalber wahrten sie Abstand. Die flach einfallenden Sonnenstrahlen hatten die Kommandobrücke erwärmt, und die beiden Männer streckten sich wie Katzen, während sie abwechselnd durch das Fernglas sahen. Der zweite Offizier fand, daß der Moment gekommen war, den Kapitän zu rufen. Dann überlegte er, ob sie sich wirklich dort befanden, wo sie sich befinden sollten. Er vergewisserte sich, daß die Karte tausend Tiefenmeter angab, und sagte sich, daß hier niemand auflaufen konnte. Dennoch hielten sie vorsichtig Abstand. Nach einer Weile war es offensichtlich, daß das andere Schiff vor dem Wind trieb.

Es war sechs Uhr morgens.

Um viertel nach sechs stellte ein Matrose, der scharfe Augen hatte, fest, daß es sich um ein Segelschiff handelte, das seine Masten verloren hatte. Er verkündete außerdem, daß sich niemand an Deck befand und das Schiff seiner Meinung nach in großen Nöten war.

Dieser Matrose pflegte Dinge zu sehen, die den übrigen verborgen blieben, so daß der zweite Offizier eine Vorahnung hatte und versucht war, seinen Kurs fortzusetzen.

Um sieben Uhr erschien der Kapitän, und der zweite Offizier schilderte ihm die Situation. Die ungeduldigen Augen des Kapitäns blieben keinen Moment auf dem Gesicht des zweiten Offiziers ruhen, der wie immer Widerwillen empfand, während er mit ihm sprach. Der Kapitän fand, daß er einen Faulenzer unter Befehl hatte, und der zweite Offizier dachte wie immer, daß er es mit einem Dummkopf zu tun hatte. Aber er riß sich zusammen, um ihm mitzuteilen, daß das Schiff auf kein Signal antwortete, und schlug vor, ein Boot hinüberzuschicken. Für gewöhnlich ging der Kapitän nie auf die Vorschläge des zweiten Offiziers ein, und zudem wollte er keine Zeit verlieren. Aber es widerstrebte ihm, die Fahrt fortzusetzen, ohne auch nur nachgesehen zu haben.

Der zweite Offizier machte sich bereit, das Schiff zu verlassen. Er überlegte, ob es sich womöglich um ein ausländisches Segelschiff handelte, und fragte sich, ob es angeraten war, einen Blick in das *Handbuch der Umgangsformen* zu werfen. Aber als er in die Kajüte gehen wollte, hörte er den Kapitän poltern, und so machte er kehrt, ging an Deck und kletterte in das Beiboot. Seine beiden Begleiter nahmen im Heck Platz. Während sie hinuntergelassen wurden, spürte der zweite Offizier den gehässigen Blick des Kapitäns durch die Scheiben der Brücke, in denen sich die Sonne spiegelte. Der zweite Offizier war älter als der Kapitän und fühlte sich deshalb zurückgesetzt. Oft konnte er nicht schlafen deswegen. Er empfand eine große Verbitterung, während das Boot zu Wasser gelassen wurde. Aber dann fiel sein Blick auf das Segelschiff, das in der Ferne wartete, und er schob seine Probleme beiseite und fragte sich erneut, ob es sich um ein ausländisches Schiff handelte. Ihm kam die Floskel in den Sinn, die er benutzt hatte, als er einmal an Bord eines italienischen Schiffes gegangen war: *Buon giorno, signore. Le prego di presentare i miei più cordiali complimenti al suo comandante. E a bordo il comandante?* Das *Handbuch der Umgangsformen* war voll mit solchen Redewendungen, aber er erinnerte sich an keine, die er in der jetzigen Situation hätte gebrauchen können.

Das Boot legte von der *Pancha Garmendia* ab und hielt zügig auf das andere Schiff zu. Der Segler hob sich deutlich von der Wasseroberfläche ab, und man konnte den schön geschwungenen Bug und die herrliche Gallionsfigur erkennen. Es war ein Zweimaster gewesen, und der zweite Offizier dachte, daß man solche Schoner nur noch selten zu sehen bekam.

Ihn allerdings ließ das kalt. Er hegte keine Bewunderung für Segelschiffe oder für die Männer, die auf ihnen fuhren. Er hatte sein ganzes Arbeitsleben an Bord eines Schiffes mit einem alten Marshall-Motor im Heck verbracht, für den drei Maschinisten, sechs Hilfsmaschinisten und vier Heizer zuständig waren, die zuverlässig dafür sorgten, daß das Schiff den Kurs einschlug, den es sollte, und nicht dorthin trieb, wo es dem Wind gefiel.

Der zweite Offizier war der Überzeugung, daß es keinen Grund mehr gab, auf andere Weise zur See zu fahren. Er hatte ein Faible für elektrisches Licht und warmes Wasser und konnte nicht einschlafen ohne das beruhigende Dröhnen der Maschinen. Der größte Höhenunterschied, den er auf seinem Schiff überwinden mußte, waren die zwölf Treppenstufen zwischen dem Gang vor seiner Kajüte und der Kommandobrücke, wenn er die Wache übernahm. Um den Steuermann nicht zu irritieren, lag die Brücke nachts im Halbdunkel, aber nach einer Weile gewöhnte man sich daran und konnte alles Notwendige sehen.

Selbst während der schlimmsten Stürme konnte man in Ruhe seine Arbeit tun. Die Brücke war vor Wind und Wellen geschützt, und das Schiff verwandelte sich niemals in einen Hort der Verzweiflung wie ein Segelschiff. Auf der Brücke konnte man sich trotz des Seegangs unterhalten, der Steuermann hörte einem zu, und man selbst hörte dem Steuermann zu. Es fehlte nie an einem Teller warmer Suppe. Die Leute schliefen zivilisiert in ihren Kabinen. Auf den Segelschiffen schliefen fast alle im Vordeck, und es stank wie in einer Spelunke.

Vor dem Boot trieb etwas im Wasser. «Es ist ein Baumstamm, Señor», sagte der Matrose mit den guten Augen. Es war tatsächlich ein Baumstamm. Der Mann am Ruder drehte ab, um ihm auszuweichen, und als sie an dem Baumstamm vorbeikamen, betrachteten ihn die drei und überlegten, wie lange er wohl schon im Wasser trieb. Er war vom Meerwasser gebleicht und hatte die Größe eines Mannes. Der zweite Offizier bemerkte die Logleine, die sich in den Ästen des Baumstamms verfangen hatte. Das Seil war in dem klaren Wasser deutlich zu erkennen und verschwand in Richtung Schiffsheck.

Bevor sie anlegten, fuhr der Steuermann im weiten Bogen einmal um das Schiff herum, aber sie entdeckten nichts. Man konnte sehen, daß das Schiff viel mitgemacht hatte. Der zweite Offizier überlegte, welche Umstände seine Mannschaft dazu gezwungen haben mochten, es zu verlassen.

Während sie sich langsam näherten, sondierte der Matrose mit den guten Augen die Lage und bot sich an, an einem Tau hinaufzuklettern. Damit hatte der zweite Offizier bereits gerechnet, denn an der Bordwand hing keinerlei Leiter, und der andere Matrose war dick und schwerfällig.

Dieser drehte geschickt bei und stellte den Motor ab. Trotz der ruhigen See schwankte das Boot recht heftig. Eine Weile standen die drei aufrecht und versuchten das Gleichgewicht zu halten, indem sie sich mit den Händen an der Bordwand des Segelschiffes abstützten.

Der Matrose mit den guten Augen nahm ein Tau mit einem Enterhaken, und seine Begleiter beobachteten ihn bei seinen riskanten Versuchen, es auszuwerfen. Wenn es wieder zurückkam, wurde der Enterhaken zu einem gefährlichen Gegenstand. Darüber gerieten sich die beiden Matrosen in die Haare, und der zweite Offizier wurde ungeduldig. Schließlich gelang es dem anderen, den Enterhaken über die Reling zu werfen, und er kletterte flink hinauf. Als er oben verschwand, beschloß der zweite Offizier, sich zu setzen, und betrachtete sein Schiff, das in der Ferne lag. Die beiden Männer verfielen in gelangweiltes Schweigen. Keiner schien bereit zu sein, es zu brechen.

Der zweite Offizier dachte, daß mit dem dicken Matrosen niemals ein richtiges Gespräch zustande kommen würde. Soweit er wußte, war er ein Mann mit beschränktem Verstand, bei dem er in den Nächten, die sie gemeinsam auf der Brücke verbracht hatten, nur dann eine gewisse Begeisterung bemerkt hatte, wenn das Gespräch auf die Huren in Puerto Noviembre gekommen war. Wenn er am Steuer stand, langweilte sich der zweite Offizier zu Tode. Er mißtraute langweiligen Menschen und war der Meinung, daß sie sich ihrer Schwäche bewußt waren und deshalb hinterhältig und nachtragend wurden. Während dieser Wachen flüchtete sich der zweite Offizier in seine Bücher. Er war ein begeisterter Anhänger der Seefahrerbräuche und immer auf der Suche nach Material. Er kannte die Seefahreretikette von Kolumbus bis heute und bedauerte, daß die Leute keinen Sinn mehr für diese Umgangsformen hatten. Er fand, daß es hochzivilisierte Zeremonien waren, und hatte sie bis ins kleinste Detail auswendig gelernt. Er wußte, wie ein Kriegsschiff zu beflaggen war und welchen Wimpel eine Yacht zu setzen hatte, wenn ihr stumpfsinniger Besitzer ein Essen an Bord hatte. Er hatte sämtliche Begrüßungen und Verhaltensregeln parat, die auf Schiffen aus aller Herren Länder zu beachten waren, und las fast nichts anderes.

Der zweite Offizier hielt sich für einen Nostalgiker, aber auch für einen starken Mann und machte sich nichts aus Kritik. Jedenfalls dachte er, während er neben dem Segelschiff wartete, an seinen Impuls, das

Handbuch der Umgangsformen zu holen, und lachte schließlich über sich selbst. Dieses Schiff roch schon von weitem nach Tod und ließ die Floskel lächerlich erscheinen, die er benutzt hatte, als er an Bord des italienischen Schiffes gegangen war und die nun in seiner Erinnerung einen bitteren Nachgeschmack hatte: *Buon giorno, signore.*

Eine Leiter wurde die Bordwand hinabgelassen. Der Matrose mit den guten Augen stand an der Reling und sah sie ernst an. Den zweiten Offizier befiel eine große Unruhe.

«Was gibt's?» fragte er.

Der Matrose mit den guten Augen war recht jung und wirkte erschüttert.

«Besser, Sie kommen rauf, Señor», murmelte er leise.

Der zweite Offizier griff verdrossen nach der Leiter und begann hinaufzuklettern. Er dachte, daß er grundlos in eine Angelegenheit verwickelt war, die Sache der Polizei war, und daß sie mit Sicherheit etwas Schlimmes finden würden. Der dicke Matrose hielt die Leiter fest, bis er oben angekommen war. Der andere erwartete ihn oben und half ihm an Deck. «Manchmal benehmen sie sich wie richtige Söhne», dachte er. «Ganz selten.»

«Was ist los?» fragte er.

«Da liegt ein toter Mann.»

Der Junge führte ihn nach unten. Auf dem Weg sah sich der zweite Offizier aufmerksam auf dem Schiff um und fand seine schlechte Meinung über Segelschiffe bestätigt. Es war in einem desaströsen Zustand und schien vom Grund des Meeres zu kommen.

Das Opfer lag auf dem Boden der Kombüse, und der zweite Offizier begriff sofort, daß es schlimmer stand, als er gedacht hatte. Sein Arm sah aus, als hätte ein Tier daran gefressen, und rundherum war viel Blut.

«Mein Gott», murmelte der zweite Offizier.

Er wollte nicht länger hinschauen, und als er sich abwandte, fiel sein Blick auf den Jungen, und er sah, daß ihm hundeelend war. Er legte ihm die Hand auf die Schulter.

«Ganz ruhig, mein Junge.»

«Es sind die Nerven, Señor. Er hat das gerade getan, als ich reinkam. Ich glaube, in dem Moment ist er gestorben.»

«Ist in Ordnung.»

«Er hat gesprochen wie ein Chilene. Er hat etwas gesagt, was ich nicht verstanden habe.»

Der zweite Offizier ging an Deck und atmete die klare Luft ein. Der Junge war ihm gefolgt. Schließlich wagte er zu sagen:

«Ich glaube, er wollte den Arm essen, Señor.»

«Ich weiß.»

Der zweite Offizier gestand sich ein, daß auch er sehr betroffen war, und so stapfte er über das Deck davon. Eine Stimme verfolgte ihn. *E a bordo il comandante?* Da war der Satz wieder. Ein wenig beklommen setzte er sich auf das Dach des Ruderstandes. Er dachte an den Kapitän des Segelschiffes. Er hatte durch das Bullauge der Kajüte geschaut und die durchnäßten Bücher neben der Lamahaardecke und die Meerjungfrau mit dem Affengesicht entdeckt. Er betrachtete erstaunt die zerborstenen Stummel der Masten. Er schüttelte bewundernd den Kopf. «Sie müssen doch nicht segeln», murmelte er. «Wo zum Teufel ist da das Vergnügen?»

Später fragte ihn der Matrose mit den guten Augen:

«Bestatten wir ihn?»

«Natürlich. Wir müssen eine Plane suchen.»

Bevor sie sich auf die Suche machten, fühlte sich der Junge bemüßigt zu sagen:

«Ich weiß nicht, ob ich das vergessen werde.»

«Das kann man nicht vergessen.»

«Ich habe einen guten Magen, Señor. Es hat mir gar nicht so viel ausgemacht, daß er seinen Arm gegessen hat.»

Der zweite Offizier wandte seinen Blick nicht vom Horizont. Das Gespräch bedrückte ihn. Er wollte hier weg.

«Sondern?» fragte er.

«Er hat mich angesehen, als wollte ich ihm den Arm wegnehmen.»

Der Kapitän beobachtete durch das Fernglas, wie sie den Toten ins Meer warfen, und setzte sich dann zum Essen. «Er wird eine formgerechte Bestattung für ihn abgehalten haben», dachte er. «Er hat's mit den Zeremonien.» Im Moment war der Kapitän nicht allzu begierig darauf zu erfahren, was an Bord vorgefallen war, sondern machte sich vielmehr Gedanken über den Profit, den er daraus ziehen konnte, und den Schaden, den dieses Schiff in Zukunft anrichten würde. Er hatte sorgfältig seine Position berechnet, um sie in Valparaíso durchzugeben. Oft war diese Vorsichtsmaßnahme überflüssig, und es vergingen viele Jahre, bis ein solches Schiff erneut gesichtet wurden. Ihre Wege waren so geheimnisvoll wie die eines sterbenden Elefanten. Die Kanonenboote, die ihren Weg kreuzten, veranstalteten Zielschießen auf ihre Rümpfe. Aber sie waren schwer zu versenken wegen des Algendickichts, das sie binnen weniger Jahre überwucherte. Sie glichen nicht im geringsten den Geisterschiffen, von denen man sich erzählte, wo auf einem Tisch die Reste einer warmen Mahlzeit standen, so als wären sie eben erst von ihren Besitzern verlassen worden. Die echten Geisterschiffe verloren schnell ihre Identität. Sie trieben dahin wie tote Wale und stanken genauso wie diese. Sie wurden zu einem Zufluchtsort für hungrige Vögel, die über ihnen kreisten und kreischend aus ihrem Inneren aufflatterten, wenn die Mannschaft eines anderen Schiffes ihnen einen Besuch abstattete. Es waren keine Orte, die man gerne aufsuchte.

IV. Untergang

Als das Boot kenterte, nötigte ihn das kalte Wasser zu einem tiefen Atemzug, dem unmittelbar darauf ein Hustenanfall folgte. Seinem Mund entströmte ein Strudel von Bläschen, die rasch an die Oberfläche aufstiegen. Dort oben war ein stürmischer, aber sonniger Tag, und abgesehen von dem gekenterten Boot wies nichts darauf hin, daß gerade ein Mann im Ozean ertrank. Antonio wußte nicht, wie er ins Meer gefallen war. Er erinnerte sich nur, daß sein Boot einige Sekunden zuvor in eine tückische, wolkenlose Sturmböe geraten war.

Als der Husten vorbei war, hielt er angestrengt die Luft an. Das gab ihm eine gewisse Ruhe, und er konnte sich in dem Wasser umschauen, das ihn umgab. Er stellte fest, daß er sich knapp unter der Oberfläche befand und das Plankton glitzerte wie ein sternenklarer Himmel. Er schätzte außerdem, daß ihn nicht mehr als drei Meter von dem gekenterten Boot trennten. Er versuchte sich mit einigen Armstößen in Richtung Boot zu bewegen. Er war noch bei Bewußtsein, und es schien ihm ein beinahe machbares Unterfangen zu sein. Aber die wachsende Verzweiflung machte das Vorwärtskommen nicht leichter, und für jeden Zentimeter, den er sich nach oben bewegte, sank er wieder einen nach unten. Seine langen Haare wogten hin und her wie die Flossen eines Fischs. Wie viele andere hatte er sie wachsen lassen, weil er dachte, daß er irgendwann einmal ins Meer fallen würde und man ihn an seinen langen Haaren an Bord ziehen könnte.

Seine Handbewegungen wurden hektischer. Er versuchte nach einigen Cachiyuyos zu greifen, die über ihm dahintrieben. Es war, als wollte man sich an den Schatten eines Fischs klammern. Diese Pflanzen trieben seit langem im Pazifik, vielleicht von irgendeiner einsamen Insel davongespült. Wahrscheinlich hatten sie das Leben zahlloser Besatzungen gerettet, indem sie sie vor den verborgenen Felsen warnten, an denen sie Wurzeln schlugen. Manchmal waren die Cachiyuyos an der Wasseroberfläche zu sehen und leisteten ebenso gute Dienste wie eine Boje.

Ein Schiffbrüchiger klammert sich an einen glühenden Nagel. Das war ein Sprichwort, ein Satz, ein Gedicht vielleicht im Repertoire eines betrunkenen Seemanns. Es kam ihm in den Momenten nach dem Zusammentreffen mit den Cachiyuyos in den Sinn und half ihm, sich auf das Boot zu konzentrieren. Sein Verstand funktionierte noch sehr gut. Aber in seiner Unbesonnenheit hatte er zuviel Zeit mit den Cachiyuyos verloren, wie jene Männer, die vor dem Kap über Bord gingen und versuchten, sich an den Vögeln festzukrallen, von denen sie attackiert wurden.

Es war noch nichts in seinen Lungen, und dennoch schaffte er es nicht, an die Oberfläche zu gelangen. Eine ungeheure Kraft hielt ihn unter Wasser zurück und raubte ihm allmählich die Kraft. Dann stellte er fest, daß er noch die Gummistiefel anhatte und daß ihn dieser Fehler wahrscheinlich das Leben kosten würde. Seine Bemühungen, sie abzustreifen, waren vergebens.

Die Stiefel hätten mehrere Nummern größer sein müssen, um sich einfach abstreifen zu lassen. Diese hier saßen wie angegossen, und so beschloß er, sie zu vergessen.

Er mußte dringend Luft holen und spürte, daß er sich dem kritischen Punkt näherte. Der Schmerz schnürte ihm die Brust ein, und ein Ächzen ließ ihn erschauern. «Schreie ich?» überlegte er. Er strampelte hilflos, überzeugt, daß er gleich platzen würde. Das Boot war immer noch dort, praktisch in Reichweite, und für einen Augenblick kam es ihm vor, als würde er es erreichen. Aber in ihm war ein Reflex, der ihn zu einem verzweifelten Atemzug zwang, um seine Brust von diesem unerträglichen Druck zu befreien. Sofort durchlief ein Zucken seinen Körper, während das Wasser in seinen Mund strömte und in seine Lungen drang. Das war der letzte Moment, den er bei vollem Bewußtsein erlebte.

Aber bevor er das Bewußtsein verlor, durchlebte er einige sonderbare Momente. Zuerst sah er so deutlich, als schwebte er darüber, den feinen Schaum, den sein letzter Atemzug erzeugte und der dann an die Oberfläche stieg. Das Rauschen auf seinen Trommelfellen endete abrupt, und die lichten Visionen, die ihn von Anfang an begleitet hatten, wurden stärker. Gleichzeitig spürte er deutlich, wie er dem Meeresgrund entgegensank.

So hatte er sich einen Schiffbruch immer vorgestellt. Für die meisten Menschen, so nahm er an, war der Untergang eines Schiffes ein Vorgang, der uninteressant wurde, sobald es von der Wasseroberfläche verschwand.

Für ihn hingegen begann dort der essentiellste Teil. Jedesmal wenn er vom Untergang eines Schiffes hörte, konnte er Meter für Meter seinen stillen Weg nach unten vor sich sehen, wie es bald schon undeutlich wurde, je weiter es in die Tiefe sank, die Segel vom Wasser bewegt, manchmal mit dem Bug, dann wieder mit dem Heck voran, von völliger Stille umgeben.

Sein Gehirn wurde von Bildern überflutet. «Cornelia Vanderbilt ist das reichste Mädchen Amerikas», erinnerte er sich. Woher hatte er das? Der Satz nahm sein ganzes Denken ein. Er hatte ihn in einer Zeitung gelesen, neben einer weiteren Meldung: «Morgen wird ein Flugzeug in Candelaria landen.» Eine Illustrierte, die auf einem Stuhl bei ihm zu Hause lag. Auf den Seiten stand das Datum von vor fünfzehn Jahren. Fast alle Visionen, die er dann hatte, drehten sich um sein Zuhause und jene Zeit. Er hatte auch eine Vision, die mit dem Grauen und der Besatzung des Schiffes zu tun hatte, aber man könnte sagen, daß die letzte Erinnerung seines Lebens einem Tag galt, an dem er seiner Mutter das Essen zubereitet hatte. Vor fünfzehn Jahren. Der Zeit, als Cornelia auf ihrem Schaukelpferdchen in den Zeitungen war.

«Das Öl schön heiß!» rief seine Mutter aus dem Schlafzimmer. Antonio wartete noch einen Augenblick, bis er das Filet auf die trügerische Oberfläche gleiten ließ. Er hatte immer Angst vor diesem Moment. Obwohl er die Hand rasch zurückzog, konnte er nicht verhindern, daß er einige Spritzer abbekam. Während der Fisch briet, stellte er das Tablett zurecht und goß ein Glas Wein mit Sodawasser ein. Dann tat er Reis auf den Teller und würzte ihn mit Butter und geriebenem Käse. Er schaute aus dem Fenster, während er auf das Filet wartete, und sah zwei Jungen hinter einem Ball herlaufen.

Als er mit dem Essen ins Schlafzimmer kam, döste seine Mutter vor sich hin. Antonio stieß mit dem Knie gegen das Bett. Sie schlug lächelnd die Augen auf. «Armer Junge, hat mir was zu essen gemacht», sagte sie. Antonio rückte die Kissen zurecht, und dem Bett entströmte ein Duft nach Äpfeln. Sie hatte noch Schmerzen, und so half er ihr, sich aufzusetzen. «Haben Sie schon gegessen?» fragte ihn seine Mutter. Als er klein war, hatte sie ihn mit «Sie» angeredet. Das Filet krachte unter der Gabel seiner Mutter. Später holte sich Antonio noch mehr Reis. Er hatte sich in der Menge geirrt, und sie lächelte, als sie sah, was alles übriggeblieben war. «Mein Schatz», sagte sie, zog ihn mit ihren kühlen Händen zu sich heran und küßte ihn neben die Lippen, dorthin, wo sie sich gerne küßten. Antonio dachte, wie schön es war, seine Mutter zu küssen.

Mit Wasser vollgesogen, trieb er dem Meeresgrund entgegen. Er hatte das Bewußtsein verloren und sank durch immer kältere Wasserschichten. Unter ihm lag mehrere Kilometer tief eine schwarze See, bevölkert von Fischen, die durchscheinend waren wie Eis und deren Existenz immer noch bezweifelt wurde. Vor ihm schwamm ein Pottwal, der auf der Jagd nach Tintenfischen war. Es gab auch einige Leuchtfische, die auf den Einbruch der Nacht warteten, um nach oben zu steigen. Die meisten Fische in diesen Tiefen hatten glühende Augen.

Während Antonio nach unten sank, verursachte er

einen Aufruhr unter den Fischen, die von der Nahrung abhängig waren, die von der Wasseroberfläche kam. Jedes Objekt, das nach unten sank, weckte sichtlich ihr Interesse. Im allgemeinen handelte es sich um einen feinen Regen von Kleinstteilen, die nur von den Venus- und Pfahlmuscheln verwertet werden konnten, die sie filterten. Dann gab es noch die Abfälle von den Schiffen und gelegentlich einen Vogelkadaver. Von Zeit zu Zeit sah man einen toten Wal. Einen weiteren Teil des Kreislaufs machten die Kieselalgen aus, die nach unten sanken und anderen Pflanzen begegneten, die aus den Abgründen nach oben stiegen.

In den Regionen, in die Antonio gelangen würde, gab es Gebirge und Täler wie auf dem Festland, und vielleicht würde es eines Tages erneut einen Umbruch geben, und sie erschienen wieder an der Meeresoberfläche. Es gab auch beängstigende Schründe, aber Antonio würde auf eine weite Fläche sinken, so eben wie der Boden eines Aquariums. Früher einmal war es eine Wiese gewesen, auf der große Pferdeherden gegrast hatten. Nun waren die einzigen vorhandenen Pflanzen einige Seelilien, zwischen denen kleinere Fische umherschwammen. Nicht weit von dort mündete eine Unterwasserschlucht, die dichte, trübe Strömungen aufwirbelte. Aus diesem Tal kamen einige seltsame Lebewesen, die niemals in die Netze der Fischer gerieten, so daß sie an der Meeresoberfläche unbekannt waren. Sie würden vorsichtig witternd um das herumschwimmen, was von Antonio übrig war, sobald sich der Schlamm gelegt hatte, den er beim Hinuntersinken aufgewirbelt hatte.

In dieser Nacht drehte der Wind auf Ost, und gegen Morgen kam starker Südwind auf. Später begann es zu regnen. Damit legte sich der Wind, und im ersten Licht des Tages sah man ein ruhiges Meer und einen Himmel, über den tiefhängende Wolken jagten. Es war nichts mehr zu sehen von dem Boot und auch nichts von dem Mann, der im Ozean ertrunken war. Es war Mariä Lichtmeß des Jahres 1933.

V. Firmament

Noch reichte das Licht aus, um den Horizont zu erkennen, doch es war dunkel genug, um den ersten Stern zu sehen. Es war die Zeit der nautischen Dämmerung. Wenn man die Position des Schiffes bestimmen wollte, mußte man diese kurze Spanne sorgfältig nutzen, bevor der Horizont in der Dunkelheit verschwand. Man mußte rasch den Stern finden, ihn dann mit dem Sextanten visieren und behutsam die Spiegel ausrichten, bis sich sein Abbild mit der Horizontlinie deckte. Oft war der Stern schwer zu fixieren, und der Horizont verschwand so rasch, daß die Beobachtung fehlschlug. Am Morgen war das Problem ein anderes, denn dann verblaßte zuerst der Stern, während sich im Tageslicht der Horizont abzuzeichnen begann. Aber beide Dämmerungen gingen schnell vorüber, und trotz seiner Erfahrung zitterte der Graue vor jeder Beobachtung, und der Sextant brannte in seinen Händen wie die Waffe eines Jägers. Dann arbeitete er rasch und nahm geübt die Höhe der Sterne. Manchmal berechnete er ihre Position anhand des Mondes, und dieser übernahm die Beleuchtung des Horizonts, den er brauchte. Dann aber hatte er kein Vertrauen in die errechnete Position und fuhr bis zur nächsten Dämmerung dahin, als habe er die Orientierung verloren.

Nun war die Zeit der nautischen Dämmerung, aber sie verstrich von dem Grauen unbemerkt, der gegen die

Bordwand gelehnt darauf wartete, daß es Tag wurde. Um diese Uhrzeit weckte er jeden Morgen seine Frau und gab ihr von dem Tau auf dem Boot zu trinken. Es gab reichlich Tau, und wenn sie die Planken ableckten, war es fast, als tränke man einen Schluck. Die Berührung war kühl und angenehm und linderte das ständige Bedürfnis zu schlucken, das sie hatten, seit ihnen das Wasser ausgegangen war.

Es dauerte noch, bis es hell wurde. Der Graue beugte sich vor, tauchte die Ruder ins Wasser und bewegte sie seufzend. Er fragte sich zum zehnten Mal, ob sich die Mühe lohnte. Wahrscheinlich kamen sie voran. Aber vielleicht neutralisierte eine Gegenströmung ihre Fahrt, und sie bewegten sich auf der Stelle. Vielleicht war es besser, sich treiben zu lassen.

Er ruderte für sie. Er wollte sie mit den Berechnungen ihrer Fortschritte beschäftigen. Er hatte ihr gesagt, daß sie sich in einer günstigen Strömung befänden, die sie an Land treiben könnte. Dolores wandte mißtrauisch ein, daß die Strömungen, die sie kannte, nie zur Küste führten. Der Graue erwiderte, daß dies keinesfalls gesagt sei und es so oder so genüge, wenn sie auf den Kontinent zutrieben und sich dann aus der Strömung befreiten. Dolores gab sich damit zufrieden und schlief ein.

Als sie die Augen schloß, verschwand das einzige, was von ihrem Körper intakt geblieben war, und als er sie so sah, durchfuhr den Grauen ein stechender Schmerz. «Ich bin ein alter Mann», dachte er, «und sie ist eine ziemlich alte Frau, und trotzdem liebe ich sie immer noch wie ein junges Mädchen.»

In den letzten Nächten hatte er einige Male geglaubt, daß sie nun tot sei. Dieser Gedanke schmetterte ihn nieder, er hörte für einen Moment auf zu rudern, und die Ruder hingen in den Dollen. Er ließ sie nicht aus den Augen, ohne den Mut zu finden, sie zu berühren. Seine Frau schlief ganz ruhig. Plötzlich glaubte der Graue, daß sie sich bewegt hatte und im Mondlicht blinzelte. Aber dann kamen seine Ängste wieder hoch, und es versetzte ihm erneut einen solchen Schreck, daß er sich fragte, ob sein angegriffenes Herz das aushalten würde.

Bis er ihre Augen in der Dunkelheit sah. Der Graue begann wieder zu rudern. Er war außer sich vor Glück, und sie verstand nicht, warum. Auf den Planken des Bootes liegend, versuchte sie sein Lächeln zu erwidern. Sie war schon zu schwach, um ihm zu sagen, daß sie ihn liebte.

Eines Nachts trieben sie so dahin, als es in der Ferne zu regnen begann, und nachdem der Regen aufgehört hatte und die letzte Wolke verschwunden war, dachte der Graue, daß sie besser nicht aufgewacht wäre. Später erreichten sie die Stelle, wo der Regen niedergegangen war, und sie konnten die Feuchtigkeit riechen, die noch in der Luft lag, und das stachelte ihren Durst an, bis es schmerzte. Sie waren so enttäuscht, als wären sie am hellichten Tag einem Schiff begegnet und niemand an Bord hätte sie eines Blickes gewürdigt.

Sie hatten von Anfang an unter Wassermangel gelitten, selbst als sie noch einen fast vollen Kanister gehabt hatten. An dem Tag, als sie das Schiff verlassen hatten, war die See kabbelig gewesen, und sie hatten es nicht gewagt, auch nur einen Schluck zu trinken, aus Angst, das Wasser zu verschütten. Es war ein klarer, fast windstiller Tag gewesen, aber das Boot hatte unruhig auf den launischen Wellen getanzt. Kabbelige See war ein Zeichen dafür, daß irgendwo schlechtes Wetter herrschte, und sie fragten sich, ob es schon vorübergezogen war oder ob es ihnen noch bevorstand. So verbrachten sie zwanzig Stunden, ohne einen Schluck zu trinken. Als Dolores es nicht mehr aushielt, legte sich der Graue flach in das Boot, schlang die Arme um den Kanister, öffnete den Deckel und nahm unendlich vorsichtig einen Schluck in den Mund. Dann verschloß er den Kanister wieder, kroch zu Dolores und flößte ihr das Wasser ein. Das mußte er an diesem Tag noch oft wiederholen. Es war, als fütterte er ein kleines Vögelchen. Während er ihr zu trinken gab, schaute er ihr in die Augen, aber sie hatte sie geschlossen, so als würde sie auf den Mund geküßt. Der Graue dachte an die Zeit zurück, als er sie oft auf den Mund geküßt hatte.

Dolores beobachtete ihn in der Dunkelheit und dachte an einige Dinge, die sie an ihm mochte, und an andere, die sie nicht mochte und die es sehr schwer gemacht hatten, ihn zu lieben. Der Graue schlief fest. Dolores überkam das Bedürfnis, sich an ihn zu schmiegen und seinen Arm um ihre Schultern zu spüren. Ihr kamen schnell die Tränen, und so weinte sie eine Weile. Dann beruhigte sie sich wieder, und später fiel sie in ein vorübergehendes Delirium, das sie glauben machte, dies sei ihr Bett und sie liege bis spät in den Morgen dort und trinke Matetee mit Milch und Kandiszucker. Sie hatte seit ihrer Schulzeit keinen mehr getrunken und fragte sich, ob dieser unerwartete Wunsch etwas

Besonderes zu bedeuten hatte. So führte ein Gedanke zum anderen, und wenn sie ihre Erinnerungen bemühte, fühlte sie sich in die Zeit in der Calle Unquera zurückversetzt, als sie beide acht Jahre alt gewesen waren und der Graue mehr Angst vor ihr gehabt hatte als vor irgend jemandem sonst. Damals hatte sie noch kräftige Beine gehabt, die ihr dabei geholfen hatten, sich durchzusetzen. Der Graue erinnerte sich oft an einen Abend, als er sie dabei beobachtet hatte, wie sie auf die Schienbeine eines ebenso rauflustigen Nachbarsjungen eintrat, der sie seinerseits an den Haaren zog und versuchte, ihren Kopf gegen die Hauswand zu schlagen. Der Graue war entsetzt gewesen über die Prügelei, die sie sich lieferten, und hatte sich nicht von der Türschwelle seines Onkels weg getraut, wo er jeden Abend mit einer alten Katze im Arm saß. Als man sie schließlich trennte, machte Dolores keine Anstalten, das Feld zu räumen, bis sie ihrem Widersacher einen Ziegelstein an den Kopf geworfen hatte. Das brachte sofort dessen Geschwister in Rage, die hinter der späteren Frau des Grauen herjagten, sie mitten auf der Straße zu Boden rissen und sie verdroschen, bis ihre Zähne wackelten. Dann traten sie den Rückzug an und bewarfen sie dabei mit Steinen. Sie erwiderte jeden Wurf, und erst als ihre Gegner das Feld geräumt hatten, sank sie langsam in sich zusammen und brach in ein Schluchzen aus, das an die Klagelaute der arglosen Thunfische erinnerte, wenn sie an der Einmündung der Bucht gefangen wurden. Dolores war ebensogut im Weinen wie im Kämpfen, und der Graue erinnerte sich, mit wieviel Gefühl damals ihre Tränen geflossen waren.

Im Laufe der Jahre entwickelte sie sich zu einer ganz normalen Frau, aber von Zeit zu Zeit brach ihre frühere Kämpfernatur durch, und der Graue staunte wie damals und dachte, daß seine Frau durch nichts zu erschüttern war. Dann wiederum war sie von einer verblüffenden Zerbrechlichkeit, und dem Grauen tat es unendlich leid um die Verletzungen, die sie beide sich in der Vergangenheit zugefügt hatten.

Aber nun war sie entschlossen, keine Schwäche zu zeigen, und als der Graue wach wurde, war in Dolores' Gesicht nicht die geringste Spur von Tränen zu sehen.

«Einmal angenommen», sagte sie, «daß wir morgen die Küste sehen ...»

«Nehmen wir es einmal an», sagte der Graue.

«Und daß wir das Glück haben, auf einen Strand ohne Klippen zuzutreiben.»

«Ja.»

«Wie stellen wir es an, daß uns die Brandung nicht das Boot auf den Kopf dreht?»

Trotz allem fühlte sich der Graue in der Lage, eine praktische Frage zu behandeln.

«Zunächst einmal füllen wir den Kanister mit Wasser und befestigen ihn mit einem Seil am Heck. Das hält das Boot gerade und verhindert, daß es sich quer zu den Wellen stellt. Und wenn wir in der Brandung sind, werde ich entsprechend rudern.»

«Das heißt?»

«Mit aller Kraft rückwärts, wenn die Welle kommt. Und wenn die Welle unter dem Boot ist, wieder vorwärts. Es ist einfach.»

Aber der Graue wußte, daß es nicht so einfach war,

und das beschäftigte ihn, seit sie das Schiff verlassen hatten. Um in einem Boot an einen Strand zu gelangen, brauchte man eine erfahrene Besatzung, die in guter körperlicher Verfassung war. Der Bug des Bootes mußte unbedingt auf die Küste ausgerichtet sein, und dazu mußte man wissen, wann der Moment gekommen war, aus aller Kraft zu rudern. Man mußte schneller sein als die Wellen: das war der einzige Weg, das Boot unter Gewalt zu halten und nicht zu kentern.

Daran dachte der Graue in dieser Nacht. Wieder war ihm eine Sache klargeworden, und erneut stand er am Rand des Abgrunds.

Auf Land zu treffen löste erst die Hälfte ihrer Probleme.

«Liebling! Oh, Liebling!»

Sie hatte lange Zeit nach ihm gerufen, und erst als sie so schrie, fuhr der Graue aus seinem Alptraum hoch und setzte sich erschreckt auf. Er hatte gerade von einer Gruppe Schiffbrüchiger geträumt, die eine Küste mit gewaltigen Steilklippen erreicht hatten, die sich bis zum Horizont erstreckten und nicht zu überwinden waren, so daß die Schiffbrüchigen die letzten Stunden ihres Lebens damit verbrachten, auf das Einsetzen der Flut zu warten.

Der Graue sah, daß die Sonne bereits hoch stand und das Meer sich nicht bewegte. Er legte sich neben seine Frau.

«Verzeih mir ...» murmelte sie.

«Natürlich.»

«Es tut so weh. Du hast so gut geschlafen.»

Er berührte sie mit den Lippen und stellte fest, daß sie glühte. Er befeuchtete das Hemd im Meer, und sie schauderte, als ein paar Tropfen auf ihren Hals fielen. Noch war es nicht heiß. Das Wetter war so beständig, daß alles wie ein Scherz wirkte.

«Mehr können wir nicht tun?» fragte sie.

Man konnte sehen, daß sie furchtbare Schmerzen hatte.

«Ich denke über verschiedenes nach.»

Sie umklammerte seine Hände.

«Es geht mir sehr schlecht, mein Liebster. Wirklich.»

«Ich weiß.»

«Ich sollte nicht so mit dir reden», seufzte Dolores. «Du tust alles, was in deiner Macht steht.»

«Aber mir wird noch etwas einfallen.»

«Ich habe hohes Fieber, nicht wahr?»

«Ziemlich, mein Schatz.»

«Mein Magen brennt. Es wird doch kein Geschwür sein?»

«Ich glaube schon. Das Essen von Augusto war furchtbar.»

«Die Kombüse auf deinem Schiff hat nie funktioniert.»

«Ja. Es ist vieles schiefgegangen.»

«Und ich habe auch nicht gut funktioniert.»

«Du hast dich prima gehalten. Das haben alle gesagt.»

Eine Stunde später hatten ihre Schmerzen nachgelassen, und der Graue schöpfte neue Hoffnung. Ihr war nach Reden zumute.

«Ich glaube, ich bin krank geworden, als Pepe über Bord ging», sagte sie.

«Der arme Pepe. Ich habe nie einen größeren Unglücksraben kennengelernt als ihn.»

«Aber er wußte es nicht.»

«Nein.»

«Wer auf diesem Schiff war glücklich?»

«Febriciano.»

«Und wer noch?»

«Antonio.»

«Und wußten sie das?»

«Febriciano wußte es sehr gut.»

«Wußten wir, daß wir glücklich waren?»

«Wir wußten es manchmal.»

«In der Nacht, als du das Haus angezündet hast, wußtest du es nicht.»

«Ich hatte es vergessen.»

«Danach hast du mich geschlagen.»

«Ich habe nie mehr daran denken wollen.»

«Ich schon. Wann hast du die Angst vor mir verloren?»

«Ich habe immer noch Angst vor dir.»

«Das stimmt nicht.»

Der Graue küßte sie zärtlich.

«Du warst böse wie die Hölle. Wir alle im Viertel haben dich gehaßt.»

Dolores dachte an die Abende zurück, an denen er auf der Türschwelle gesessen hatte, als sie acht Jahre alt gewesen waren, und dann fragte sie:

«Und wann waren wir noch glücklich?»

Der Graue dachte kurz nach und erschrak, als ihm

nicht sofort einfiel, wann sie noch glücklich gewesen waren. Aber er wußte, daß es diese Momente gegeben hatte, und so antwortete er:

«Wir waren glücklich, als wir einmal nachts eine Regatta segelten und im Morgengrauen Bandnudeln gegessen und Bier dazu getrunken haben.»

Sie fand nicht, daß sie damals besonders glücklich gewesen waren. Sie dachte selbst nach:

«Ich erinnere mich an das Wochenende, das wir in dem Gasthof in San José verbracht haben. Mir gefiel das kleine Gärtchen vor dem Zimmer und das Frühstück, das man uns servierte. Ach, was für ein herrliches Frühstück! Mit hausgemachter Marmelade.»

Der Graue stimmte darin überein, daß man dieses Erlebnis als einigermaßen glücklich bezeichnen konnte. Dann ließ er das Gespräch verstummen, denn beide wußten, wohin diese Art von Erinnerungen führte. Aber sie erwähnte ihre Tochter diesmal nicht, sondern lächelte und sagte:

«Es tut nicht mehr weh.»

In der Nacht war sie gestorben. Es schien unfaßbar, und doch hatte der Graue den ganzen Tag darauf gewartet. Ihre Unterhaltung war leise verstummt, und in ihren letzten Stunden hatte sie die Hand des Grauen gehalten und aufs Wasser hinausgeschaut.

«Ist da ein Fisch hochgesprungen?» hatte sie plötzlich gefragt.

Und vielleicht waren es ihre letzten Worte gewesen.

Aber der Graue war sich nicht sicher. Und nun war sie tot, und er wußte nicht einmal, was sie als letztes gesagt hatte.

Die Wellen hatten eine Strecke von sechs Kilometern zurückgelegt, ohne daß sich ihnen etwas in den Weg gestellt hätte, und je näher sie dem Festland kamen, desto gewaltiger wurde ihre Wucht, und sie wurden aggressiv und unberechenbar. Immer wieder brach eine aus dem Pulk aus, und es war davon auszugehen, daß sie mit ihrem Verhalten jene Wellen in Bedrängnis brachte, die sich nicht von ihrer Bahn abbringen ließen. Diese ungezügelten Wellen hatten einen eigenen Rhythmus, und es gab Steuermänner, die sie erkennen konnten und sehr beunruhigt waren, wenn sie sie heranrollen sahen. Die übrigen liefen gleichmäßig dahin, und solange die Wassertiefe sieben Meter nicht unterschritt, blieben ihre Kämme intakt und wurden nur selten vom Wind zerzaust. Aber von diesem Punkt an versperrte der abrupt ansteigende Meeresgrund den Wellen den Weg, und ihre Kämme überschlugen sich mit einem häßlichen Dröhnen.

Von See aus sahen die Brecher nicht sehr bedrohlich aus, und es fiel schwer zu glauben, daß sich unter dieser schäumenden Linie die ganze Bösartigkeit des Ozeans zusammenballte und man viel Glück benötigte, um dort durchzukommen. Als er ihr Donnern hörte, fühlte er sich müde und wenig kampfbereit. Er war zu dem Entschluß gelangt, daß er den Strand in dem Boot und mit seiner Frau an Bord erreichen wollte und daß es keine andere Möglichkeit gab, es zu schaffen. Er hatte ihren Leichnam in den Bug gelegt und fest verschnürt, um sie nicht in einer Welle zu verlieren. Er brauchte sie dort als Gewicht und sagte sich, daß sie während der Durchquerung der Brandung eine wichtige Rolle einnehmen würde. Zum anderen fühlte er sich sehr einsam und brachte es nicht über sich, sie ins Meer zu werfen. Bis zu diesem Augenblick hatte er sich keine Träne erlaubt, aber als er den letzten Knoten auf Dolores' Haut festzurrte, konnte er sich nicht mehr beherrschen und weinte so, wie es alte Männer tun, und als es vorbei war, fühlte er sich genauso schlecht wie vorher, aber wenigstens entschlossen zu überleben.

Der Mond beleuchtete einen dunklen Fleck hinter der Brandung, und der Graue dachte, daß es sich um die Küste handelte. Diese Art von Nächten war tückisch, und vielleicht war das Land viel weiter entfernt, als es den Anschein hatte. Er warf seinen improvisierten Treibanker ins Wasser und konnte den Widerstand spüren, der die Fahrt des Bootes bremste und es auf Kurs hielt. Er schätzte, daß er sich fünfhundert Meter vor den Brechern befand, und so packte er die Ruder und hielt mit zusammengebissenen Zähnen darauf zu. Die Ruder wirbelten fluoreszierende Partikel auf, wenn sie ins Wasser tauchten. Als das Meer zu toben begann, war der Graue völlig auf diesen Hexenkessel konzentriert, und seine Reflexe wurden wieder normal. Aber während das Boot immer schneller wurde, stellte er voller Panik fest, daß er nicht sicher war, wie er rudern mußte. «Zurück, wenn die Welle näher kommt?» versuchte er sich zu erinnern. Das Boot trudelte zu stark. Ihm schoß durch den Kopf, daß der Treibanker sich nicht verhielt, wie er sollte.

Die Wellen waren zu schnell. Der Graue sah, daß in wenigen Sekunden alles vorbei sein würde; seine einzige Chance war, mit aller Kraft vorwärts zu rudern, um das Boot zu beschleunigen. Nun riß ihm die Wucht des Wassers fast die Ruder aus den Händen. Es waren keine fünfzig Meter mehr, und der Gischt begann ihm entgegenzupeitschen. Die weiße Linie von vor ein paar Minuten hatte sich in einen Vulkanausbruch verwandelt, dem er in einem unzureichenden Boot und mit seiner toten Frau entgegenruderte. «Ich werde nicht durchkommen», dachte er eine Sekunde, bevor er in den Strudel stürzte.

Nicht einmal in den schlimmsten Stürmen hatte er das empfunden, was er empfand, als das Boot auf den Wellenkämmen schwebte. Dennoch glaubte er, daß er es schaffen konnte, und ruderte aus Leibeskräften. Das Boot glitt so schnell dahin, wie es seine Größe zuließ. Für einen kurzen Augenblick nahm der Graue von oben auf den Wellenkämmen den Strand wahr und auch einige vom Mond beschienene Dünen. Alles schien zum Greifen nah, und diesmal sagte ihm seine innere Stimme, daß er das Ufer erreichen würde.

Aber plötzlich hatte sich die Lage geändert, und das Boot stürzte abwärts, den Bug im Wasser versenkt. Es hatte keinen Zweck mehr zu rudern, und so beschränkte er sich darauf, sich mit aller Kraft festzuklammern, sollte das Boot diese Situation überstehen. Er war immer der Ansicht gewesen, daß die Rettung letztendlich von den Schiffen abhing und davon, wie gut sie gebaut waren. In verzweifelten Situationen retteten die Schiffe die Menschen, niemals war es umgekehrt.

Das Boot schaffte es tatsächlich, den Bug zu heben, und wurde sofort auf eine Welle hinaufgetragen. Aber es hatte sich unwiderruflich quergelegt. Für einen Augenblick kippte es zur Seite, und der Graue begriff, daß es sich nicht mehr aufrichten würde. Dann wirbelte das Boot wild im Kreis herum, und nach einigen Umdrehungen schmetterten die Wellen es gegen den Grund und trugen seine Trümmer wieder nach oben. Dann wurde es von neuen Wellen angegriffen, die es mit sich rissen. Der Graue wurde heftig gegen den Meeresgrund geschleudert, während Sandstrudel auf ihn einpeitschten. Er tauchte einige Male auf, und genauso oft begruben ihn die Wellen wieder unter sich, für ihn nur zu unterscheiden durch den Wind oder den Sand, die ihm abwechselnd ins Gesicht schlugen. Bis er plötzlich blind und halb ertrunken in ruhige Gewässer gespült wurde.

Er war außer sich über soviel Grausamkeit. Und dennoch wirkten die Wellen von dort, wo er sich nun befand, erneut weit weg und unfähig, so etwas verursacht zu haben.

Die Trümmer des Bootes lagen am Strand, und in einer der Hälften lag Dolores. Der Graue schleppte sich zu ihr und betrachtete sie im Mondlicht. Sie hatte weder Quetschungen noch Wunden, sie war nur bleicher.

Während er mit seiner Frau auf den Armen am Ufer entlangging, entdeckte er ein Haus in den Dünen und hörte einen Hund und die Stimme eines Mannes. Aber er hatte nicht die Kraft, bis dorthin zu gehen, und so ließ er Dolores in den kalten Sand gleiten und legte sich neben sie. Erst jetzt bemerkte er das Keuchen, das sich seiner Brust entrang. Außerdem kam es ihm so vor, als hätte er sich einen Arm gebrochen.

Kurz darauf hatte er das Gefühl, als ob noch jemand am Strand wäre.

Neben ihm stand ein Chiloé-Fischer mit einem Hund.

«Guten Abend, Señor», grüßte er rasch, als er sah, daß der Graue aufstand.

«Guten Abend», sagte der Graue.

Der Fischer drehte seine Wollmütze in den Händen. Er wirkte sehr erschüttert über das, was vor seiner Haustür passiert war.

«Kommen Sie von einem Schiff?» fragte er.

«Ja.»

«Die Señora ist tot. Mein Beileid, Señor.»

«Danke. Können wir sie in Ihr Haus bringen?»

«Wenn Sie erlauben, Señor, werde ich sie später mit meiner Frau holen gehen. Jetzt sollten wir gehen.»

«Ich danke Ihnen.»

Der Hund leckte mitleidig Dolores' Hand. Dann sprang er auf, schmiegte seine Schnauze in ihre Handfläche und schaute sie an. Der Fischer behielt nervös den Hund im Auge, während er überlegte, ob er ihn zurückrufen sollte. Schließlich sagte er:

«Hier entlang, Señor. Ich helfe Ihnen. Ich merke es, wenn jemand Hilfe braucht. Sie brauchen viel Hilfe, Señor. Vorsicht mit den Ästen. Dort ist mein Haus. Wir leben schon lange hier.»

Während sie die Dünen hinaufgingen, drehte der Graue sich um und versuchte sie zu sehen. Der Hund war nicht mehr bei ihr. «Dolores», dachte er.

Der Fischer konnte den Blick nicht von ihm wenden, sosehr er es auch wollte, und der Graue begriff, daß er einen beeindruckenden Anblick bieten mußte. Sie saßen vor der Tür des Hauses. Von dort sah man den Strand, und man konnte auch die Lichter eines Dorfes ausmachen und die Brandung, die schimmerte wie ein Meeresleuchten.

Es war noch dunkel, und die beiden warteten auf die Frau des Fischers, die losgegangen war, um Hilfe zu holen. Den Grauen verließen die Kräfte, und er wünschte, die Frau würde zurückkommen, damit er sich schlafen legen konnte. Aber er hatte kein schlechtes Gewissen deswegen. Dolores lag nun auf einer Matte auf dem Boden, und in Ermangelung von Kerzen stand eine Kerosinlampe zu ihren Füßen. Der Graue dachte, daß bestimmt auch das Kerosin hier Mangelware war, aber er schlug nicht vor, die Lampe zu löschen, weil er annahm, daß es dem Fischer nicht recht sein würde, mit einer Toten in der Dunkelheit zu sein. Dieser Chiloé-Fischer sah noch ärmer aus als die übrigen. Die Bewohner von Chiloé waren die besten Segler, die es gab, und wenn man die Meerengen dieser Gegend befuhr, machte es Freude, ihren Weg zu kreuzen und zu beobachten, was sie aus ihren armseligen Schiffen herausholten.

Der Fischer schaute in den Himmel und sagte:

«Es wird hell.»

«Was ist mit dem Hund los?» fragte der Graue.

«Er ist nervös. Wenn es Tag wird, stellt er sich so an.»

Der Hund wirkte sehr unruhig.

«Es ist ein Schäferhund», bemerkte der Graue.

«Hier gibt es keine Schafe. Aber er treibt jeden Morgen die Hühner raus.»

«Wo er das wohl her hat?» überlegte der Graue.

Das Verhalten des Fischers erinnerte ihn an den Dicken. Der Fischer bemerkte etwas in seinem Blick und dachte, daß er helfen sollte.

«Wenn meine Frau zurückkommt, werden wir ein Weilchen beten, Señor. Wir sind Evangelische. Beten Sie?»

«Manchmal», log der Graue.

«Es wird Ihnen Ruhe geben.»

Der Graue sagte sich, daß er niemals Ruhe finden würde, er machte sich erneut Vorwürfe und dachte, daß er einen Klumpen Salz anstelle eines Herzens hatte.

Es war ganz hell geworden, und der Hund bellte im Hühnerstall. Die Hühner protestierten mit lautem Gegacker.

«Sie mögen den Hund nicht», erklärte der Fischer. «Sie laufen immer davon.»

Schließlich gelang es dem Hund, die Hühner hinauszutreiben, und er trottete hinter ihnen her in Richtung Maisfeld. Es war ein kluger Hund. Er wußte, daß die Hühner dumm waren, und deshalb beschränkte er sich darauf, in aller Gemütsruhe seine Arbeit zu machen. Als sie sich entfernten, wurde es wieder still.

Der Graue blickte sich aufmerksam um. Bei Tageslicht war alles anders. Der Fischer war nicht mehr derselbe, das Dorf wirkte größer, die Brandung leuchtete nicht mehr so hell, und sicher sah auch er verändert aus nach allem, was er verloren hatte. Er ließ seinen Blick über diese Dinge schweifen und blieb an dem Maisfeld hängen.

«Er wird weinen», dachte der Fischer besorgt. Aber der Graue tat nichts dergleichen, sondern murmelte:

«Was die Hühner wohl über den Hund denken mögen?»

Der Fischer blickte lächelnd zum Maisfeld hinüber. Der Hund war ein richtiger Profi. Er hatte kein einziges Huhn verloren, und nun lag er gleichgültig da, während seine Pupillen zwischen den Pflanzen umherlugten.

«Daß er verrückt ist, Señor», sagte der Fischer amüsiert.

Die Bemerkung des Grauen hatte ihm Mut gemacht. Er nahm sie als ein Zeichen dafür, daß er sich gefaßt hatte, und dachte, daß vielleicht der Moment gekommen war, ihm etwas zu essen anzubieten. Er sagte sich, daß er schließlich ein Schiffbrüchiger war.

VI. Der Morgenstern

Dolores legte die Hand des Grauen auf ihren Bauch. Noch sah man nichts. Der Graue strich mit seiner Hand über diesen Mädchenbauch, den er so gerne berührte.

«So», sagte Dolores. «Damit es weiß, daß wir auf es warten.»

Er streichelte ganz behutsam über ihren Leib. Sie betrachtete aufmerksam die Hand.

«Ob es weiß, daß es die Hand des Vaters ist?» fragte sie.

«Ich glaube schon», sagte er.

Er beugte sich hinunter und drückte seine Lippen darauf. Dann legte er sich hin und schmiegte den Kopf an den Bauch der Frau. Es war Sommer, die Fenster standen offen. Vor einer Weile war der Bewässerungswagen vorbeigefahren, und die Straße roch so gut, als hätte es geregnet.

«Was für ein Wunder», seufzte der Graue.

Sie vergrub die Hand in seinem Haar. Aber sie war mit ihren Gedanken bereits weit weg, und in Wirklichkeit streichelte sie nicht ihn, sondern ihr kleines Baby.

Der Himmel vor den Fenstern war dunkel geworden. Es war Samstagabend.

«Ich will nicht ausgehen», flüsterte sie. «Ich möchte so liegenbleiben.»

«Ganz friedlich.»

«Wenn das Baby kommt, werden wir uns nicht mehr wegen Kleinigkeiten zanken.»

«Wir werden nur über wirklich wichtige Dinge streiten.»

«Das einzig Wichtige wird das Baby sein.»

«Werden wir es zusammen baden?»

«Ja. Aber vor allem werden wir nicht vor dem Kind streiten.»

«Am besten, wir streiten uns überhaupt nicht.»

Während er den stillen Samstagabendhimmel betrachtete, schlief der Graue ein.

Aber als er aus seinem kurzen Schlaf aufwachte, waren die Fenster nicht mehr da, und sein Kopf lag nicht auf dem Bauch von Dolores, sondern auf den armseligen Decken, die der Fischer als Bett benutzte.

Der Graue ließ seinen Blick über die schäbigen Wände gleiten, und er hörte das Kreischen der Albatrosse und das Rauschen des Meeres. Durch die Tür sah er die Venus strahlen, die langsam am Himmel verblaßte. Er stellte fest, daß er alleine im Zimmer war.

«Ich werde alleine leben müssen, bis ich sterbe», dachte er.

Valparaiso
ARGENTINIEN
SANTIAGO
DE CHILE
CHILE
Puerto Montt
Puerto
San Jos
Chiloé
Pazifischer Ozean
Diego-Ramírez-Inseln